별빛의 모험

별빛의 모험

1. 영생의 고서

고병재 지음

바른북스

목차

1. 눈동자 속 별빛 · 6

2. 두 개의 태양 · 20

3. 별의 정체 · 34

4. 눈길 속 정거장 · 51

5. 호르비스 성 · 67

6. 예상치 못한 불시착 · 85

7. 가스티온을 만나다 · 107

8. 미로 감옥 · 128

9. 쌍둥이 형제와 매부리코 할머니 · 149

10. 덴젤 마녀의 성 · 167

11. 반짝이는 별빛 · 184

1
눈동자 속 별빛

따스한 햇볕이 내리쬐는 10월의 어느 날, 브리드는 오늘도 학교에 가기 위해 집을 나섰다. 그의 어머니 타리나는 그가 신발 신은 것을 보고 말했다.

"오늘도 잘 다녀오렴!"

브리드도 억지로 양쪽 입꼬리를 올린 채 대답했다.

"걱정하지 마세요!"

그는 당당하게 집을 나와 학교를 향해 발걸음을 내디뎠다. 잠시 뒤 브리드는 어머니와 인사할 때와 다르게 깊은 한숨을 내쉬고 양쪽 어깨를 축 늘어뜨렸다. 물론 타리나도 그가 뒤를 돌자마자 걱정스러운 눈빛으로 보며 속삭였다.

"오늘은 상처받지 말아야 할 텐데…."

브리드는 양쪽 가방끈을 붙잡고 땅만 보며 힘없이 걸어갔다. 길을 지나가다 그와 마주친 사람들은 마치 강아지가 두 발로 서서 걷는 것을 보고 있는 것처럼 놀란 표정을 지었다. 브리드는 오늘도 바늘처럼 따가운 사람들의 시선이 느껴졌다. 브리드는 조그마한 돌을 발로 차고 말했다.

"나는 왜 이렇게 태어난 거야…."

열네 살 브리드는 지극히 평범한 학생이다. 몸집도 아주 작거나 거대하지 않았고 외모가 형편없거나 특출나지 않았다. 하지만 그가 주목받은 단 하나의 이유는 눈동자 속에 밝게 빛나는 별이 보인다는 것이었다.

그때 리어카에 폐지를 잔뜩 쌓은 채 끌고 오던 할머니가 브리드를 보고 멈춰 서서 말했다.

"자네는 어느 나라에서 온 건가?"

당황한 브리드는 멋쩍은 웃음을 짓고 대답했다.

"할머니, 전 다른 나라 사람이 아니에요."

허리가 잘 익은 벼처럼 구부러진 할머니는 어제도, 그제도, 한 달 전에도 그를 만날 때마다 매번 같은 질문을 던졌다. 그런데도 브리드는 선한 미소를 지으며 입을 열었다.

"오늘 제 눈동자에 있는 별을 보셨으니 좋은 일이 일어나실 거예요."

할머니는 이상한 사람을 보듯 이마의 주름을 구기며 유유히 지나갔다. 브리드는 다시 발을 내디디며 속삭였다.

"너무 속상해하지 말자. 늘 있는 일이잖아."

잠시 뒤 브리드는 학교 정문에 도착했다. 많은 학생은 좀비 바이러스에 감염된 것처럼 힘이 없어 보였다.

브리드가 살짝 고개를 숙인 채 안으로 들어가려 할 때 그림자가 앞을 가로막았다. 브리드가 깜짝 놀라 고개를 들자 눈 옆에 흉터가 있는 밤톨 머리와 노란 바가지를 뒤집어쓴 듯한 학생이 그를 노려보고 있었다. 브리드가 그들의 붉은 명찰을 보고 3학년 선배라는 걸 파악했다.

밤톨 머리는 주머니에 두 손을 푹 집어넣은 상태로 말했다.

"네가 소문으로만 듣던 외계인이야?"

겁에 질린 브리드는 조용히 대답했다.

"전 외계인이 아니에요…."

그때 노란 바가지머리는 브리드의 턱을 잡고 눈을 자세히 보았다. 브리드는 두 주먹을 꽉 쥐고 있다가 그의 손을 떼고 소리쳤다.

"하지 마세요!"

노란 머리는 헛웃음을 친 뒤 옆에 있는 밤톨 머리를 힐끗 보며 말했다.

"방금 선배의 손을 예의 없게 뿌리친 거지?"

브리드는 고개를 숙이고 속삭이듯 대답했다.

"그게 아니라…."

노란 머리는 주먹을 쥐고 팔을 뒤로 뻗어 브리드의 얼굴을 때릴 것처럼 위협했다. 그때 그들이 서 있는 곳을 향해 한 여자아이가 달려오며 소리쳤다.

"당장 그만해!"

두 불량배는 입안에 똥을 머금고 있는 듯한 표정으로 동시에 고개를 돌렸다. 브리드는 짝꿍이자 같은 반 반장인 베렌이 오고 있다는 걸 알 수 있었다. 그녀는 짧은 단발머리에 키가 브리드의 어깨 정도로 작아 귀여웠지만, 눈매는 어느 남학생보다 용맹했다.

베렌은 브리드 옆에 서서 눈을 부릅뜨고 앞에 서 있는 두 학생을 올려다보며 입을 열었다.

"저희는 이제 들어가 봐야 하니 비켜주세요."

밤톨 머리는 집게손가락으로 베렌의 미간을 지그시 밀고 교복 소매를 팔꿈치까지 올리며 말했다.

"넌 내 주먹으로 교육 좀 해줘야겠다."

하지만 베렌은 마치 맨손으로 물고기를 잡듯 그의 팔을 두 손으로 쥐고 깨물었다. 밤톨 머리는 마치 악어한테 물리기라도 한 것처럼 발을 허둥대며 소리쳤다.

"놔줘! 내가 잘못했어!"

베렌은 그의 팔에서 입을 뗐고 밤톨 머리는 팔에 총알이 박히기라도 한 듯 허리를 숙인 채 물린 곳을 부여잡았다. 겁에 질린 노란 머리는 뒷걸음질 치다 소리쳤다.

"일단 도망가!"

결국, 두 불량배는 학교 밖으로 허겁지겁 도망갔다. 그들이 뛰어가는 모습은 마치 어두운 밤 산속에서 귀신을 마주친 것처럼 보였다.

베렌은 허리에 손을 올린 채 의기양양한 표정을 짓고 멀뚱히 서 있는 브리드를 보며 말했다.

"괜찮아?"

브리드는 입을 벌린 채 눈을 격하게 깜빡이며 대답했다.

"고…. 고마워."

베렌은 아무 일 없었던 것처럼 학교 안으로 들어가며 말했다.

"지각하기 전에 어서 들어가자!"

그때 마침 종소리가 학교 전체에 울려 퍼졌다. 브리드와 베렌은 잠시 서로를 보다가 안으로 들어가 1학년 교실이 있는 삼 층으로 올라갔다. 어떤 학생은 한 손에 우유 상자를 든 상태로 계단을 오르고 있었고 또 다른 학생은 실내화를 가져오지 않아 이미 양말이 흠뻑 젖은 상태였다.

교실 앞까지 달려온 베렌이 먼저 문을 열고 브리드를 보며 말했다.

"다행이야. 아직 선생님이 오시지 않았어!"

브리드도 얕은 미소를 짓고 속삭였다.

"혼나진 않겠네…."

그때 나타난 담임선생님의 목소리가 들려왔다.

"종이 울린 지 한참 지났는데 왜 아직노 교실 밖에 있는 거니?"

베렌은 마치 숙련된 첩자 요원처럼 능청스럽게 대답했다.

"선생님이 언제 오시나 기다리고 있었어요!"

베렌은 지각하지 않은 척 먼저 교실 안으로 들어갔고 브리드는 그녀의 뒤를 따랐다. 그들은 창가 쪽 맨 뒤에 있는 자리에 나란히 앉았다.

얼마 지나지 않아 1교시가 시작되었고 대부분 친구는 마치 누군가에게 계속 인사하고 있는 것처럼 고개를 끄덕이며 졸았다. 브리드는 한쪽 팔로 턱을 괴고 창밖을 보며 아침에 마주친 두 불량배가 한 말을 떠올리고 한숨을 내쉬었다.

옆에서 그 모습을 보고 있던 베렌이 속삭였다.

"무슨 고민 있어?"

브리드는 애써 웃음을 짓고 고개를 저었다.

잠시 뒤 수업 시간이 끝나는 종이 울려 퍼졌다. 쉬는 시간이 되자 방금까지 쓰러질 것처럼 보이던 친구들은 시장통에서 흥정하는 사람들처럼 시끄럽게 떠들어 댔다.

브리드는 쉬는 시간인데도 불구하고 자리에 앉아 하늘을 보며 지나가는 참새들만 멍하니 바라보았다. 그에게 먼저 다가오는 친구는 없었고 그도 혼자가 편했다.

그는 쉬는 시간이 끝나기 전에 화장실만 다녀오기 위해 큰마음을 먹고 교실 밖으로 나갔다. 복도에 서 있던 학생들은 그를 힐끗힐끗 보며 속닥거렸다.

그때 앞머리에 휴지 심 같은 헤어롤을 한 여자아이가 지나가는 브리드를 보고 말했다.

"네 눈은 정말 이상한 것 같아."

브리드는 식은땀이 흐르기 시작하고 얼굴이 붉어진 상태로 아무 대답 없이 발걸음 속도를 높였다.

시간이 지나 학교가 끝나고 혼자 밖으로 나온 브리드는 집을 향해 터벅터벅 걸어가기 시작했다. 하늘은 마치 작동되고 있는 전자레인지처럼 주황빛으로 물들어 있었다. 브리드는 조그마한 돌덩이를 발로 차며 중얼거렸다.

"나도 평범해지고 싶다고…."

그때 하수구 속에서 맨홀 뚜껑만 살짝 든 채 브리드의 뒤를 보고 있는 누군가가 속삭였다.

"드디어 찾았다……."

정체불명의 형체는 기다란 혓바닥으로 입술 전체를 핥고 말했다.

"조금만 기다리렴. 우린 조만간 만나게 될 거야."

그때 거대한 덤프트럭이 살짝 열린 맨홀 뚜껑을 빠르게 밟고 지나갔다. 브리드를 지켜보고 있던 형체는 하수구 깊은 곳으로 떨어졌고 다시 재빠르게 올라와 뚜껑을 열고 소리쳤다.

"저 커다란 녀석은 뭐야! 감히 나를 공격해?"

브리드를 보고 있던 괴생명체는 맨홀 뚜껑을 활짝 열어 밖으로 나오려 하다가 동작을 멈추고 말했다.

"자비로운 이 피어즈 님이 한 번만 참을 테니, 넌 운이 좋은 줄 알아라…."

한편 브리드는 누군가가 자신을 보고 있다는 것은 꿈에도 모른 채 집 앞에 도착했다. 그는 일부로 양쪽 입꼬리를 올린 채 가슴을 펴고 문을 열었다.

"다녀왔습니다!"

그의 어머니는 반가움과 걱정스러움이 섞인 눈빛으로 그를 보며 말을 꺼냈다.

"어서 방에 들어가서 쉬렴."

브리드는 억지로 지은 미소를 유지하며 방 안으로 들어갔다. 그는 문을 닫자마자 한숨을 내쉬고 어깨를 짓누르고 있던 가방을 침대 옆에 툭 던졌다.

이후 그는 침대에 걸터앉아 해가 서서히 내려가고 있는 것을 지켜보며 속삭였다.

"맞아…. 난 이상한 사람이야."

브리드의 양쪽 뺨에 눈물이 흘러내리기 시작했다. 그는 어머니에게 울고 있는 걸 들키지 않기 위해 소리 없이 닦아내고 입으로 천천히 숨을 내쉬었다.

그때 타리나는 잘 깎인 사과가 든 접시를 들고 문앞에 와 문고리를 쥐었다. 하지만 방 안에서 울고 있는 소리가 들려오자 고개를 숙인 채 손을 뗐다. 그녀도 바닥에 주저앉아 조용히 눈물을 흘리기 시작했다. 이후 그녀는 사과가 든 접시를 들고 다시 거실로 돌아갔다.

브리드는 울다가 지쳤는지 침대에 누운 지 얼마 안 가 깊은 잠에 빠졌다.

땅속으로 해가 완전히 떨어지고 달이 올라오자 타리나는 그의 방 앞에 다시 서서 잠시 주저하다 입을 열었다.

"브리드, 저녁 먹어야지."

방 안에서는 아무 대답도 들려오지 않았다. 타리나는 마치 교도관이 험악한 죄수가 있는 독방의 자물쇠를 여는 것처럼 조심스럽게 문고리를 돌렸다. 그녀는 방 안으로 들어가 브리드가 굼벵이처럼 몸을 웅크린 채 잠자고 있는 것을 보았다.

그녀는 침대 밑으로 떨어져 있는 이불을 들어 덮어주고 브리드 뺨에 보이는 눈물 자국을 잠시 보다 밖으로 나갔다.

다음 날 아침, 브리드는 어제 했던 생각들을 모조리 잊어버린 것처럼 활기차게 학교 갈 준비를 마치고 방을 나섰다. 타리나는 주방에서 아침 식사를 준비하고 있었다. 브리드는 여느 때와 같이 미소를 지은 채 가슴을 펴고 말했다.

"다녀오겠습니다!"

타리나는 방금 토스트 기계 안에 넣었던 식빵이 튀어나오자 재빠르게 집어 브리드 입안에 넣어주었다. 그리고 그녀는 브리드의 몸을 꽉 안아주며 입을 열었다.

"넌 존재 자체가 행운이라는 걸 항상 잊지 마."

브리드는 어머니가 갑자기 왜 그러는지 잘 몰라 멀뚱히 서 있기만 했다. 잠시 뒤 그들은 서로 눈을 마주쳐 고개를 끄덕였고 브리드는 한결 가벼워진 몸으로 집을 나섰다.

그때 하수구 밑에 몸을 숨겨 그가 나오기만을 기다리고 있던 괴물 피어즈는 머리에 생긴 커다란 혹을 문

지르며 속삭였다.

"덴젤 여왕님…. 조금만 기다려 주세요. 금방 잡아 갈게요."

 브리드를 보고 있는 피어즈는 주변에 아무도 없는 것을 확인하고 맨홀 뚜껑을 옆으로 제쳐둔 뒤 밖으로 나왔다. 하수구 옆 쓰레기 더미를 파헤치고 있던 길고양이들은 정체불명의 괴물을 보자 마치 사슴을 발견한 굶주린 표범처럼 빠르게 뛰어오기 시작했다. 괴물은 빠른 속도로 도망가면서 소리쳤다.

"저 짐승들은 왜 나를 쫓아오는 거야!"

 피어즈는 빠르게 달려오는 고양이들을 향해 집게손가락을 뻗었다. 그러자 길고양이 다섯 마리는 순식간에 형형색색의 물고기로 변해 퍼덕거렸다. 괴물은 다시 브리드가 있었던 곳으로 뛰어갔지만, 그가 사라진 상태였기에 두 주먹을 쥐고 말했다.

"방해꾼들이 너무 많아…. 내가 먼저 가서 기다려야겠어."

 피어즈는 골목길 사이를 빠르게 달렸다. 길을 걸어가다 괴물의 모습을 본 사람들은 순간 멈춰 서서 비명을 내지르거나 눈을 마구 비벼댔다. 어머니 손을 잡고 걸어가던 어린아이는 피어즈를 가리키며 소리쳤다.

"저기 물고기가 걸어 다녀!"

피어즈는 많은 사람에게 모습을 들켜버리자 눈을 감고 손뼉을 강하게 마주쳤다. 그러자 주변에 있던 사람들은 아무 일도 없었던 것처럼 앞만 보며 길을 나아갔다. 동시에 학교에 가던 브리드는 갑자기 눈 속에 흙모래가 들어온 것처럼 따가워지고 눈앞이 흐려졌다. 그는 눈을 질끈 감은 채 말했다.

"갑자기 왜 이러지…. 눈이 빠질 것 같아…."

브리드는 이유 없이 흘러내리기 시작한 눈물을 닦아내며 학교 앞까지 왔다. 그는 눈을 격하게 깜빡이며 어제 만난 불량배들은 없어서 다행이라고 생각함과 동시에 주변에 아무도 보이지 않아 고개를 이리저리 돌렸다.

오늘은 분명 주말도, 공휴일도 아니었다.

브리드는 알 수 없는 공포감에 휩싸인 채 천천히 학교 안으로 들어갔다. 그는 마치 텅 빈 영화관에 혼자 들어와 있는 것처럼 으스스한 느낌이 온몸을 감쌌다. 그는 마른침을 삼키고 계단을 오르며 속삭였다.

"이건 말이 안 되잖아…."

잠시 뒤 삼 층까지 올라온 브리드는 교실 뒷문을 열자마자 얼어붙은 듯 한동안 움직이지 못했다. 불이 꺼져 있는 교실 안에 아무도 없었고 열려 있는 창문을 통해 바람이 불어와 커튼이 유령처럼 펄럭이고 있었다.

그때 브리드는 교탁 위에 놓여 있는 둥글고 투명한 어항을 보고 가까이 다가가며 말을 내뱉었다.

"원래 이런 건 없었는데."

그는 어항 속에 있는 물고기들의 얼굴이 같은 반 친구들인 것을 보고 깜짝 놀라 뒤로 자빠졌다. 브리드는 주체할 수 없을 정도로 떨리는 몸을 일으켜 어항 속 친구들을 보며 떨리는 목소리로 속삭였다.

"도대체…. 왜 이렇게 된 거야?"

그때 교실 앞문이 천천히 열렸다.

"드르륵……!"

2
두 개의 태양

 브리드는 열린 문 앞에 보이는 괴물을 보자마자 두더지가 땅속으로 들어가듯 책상 밑으로 몸을 숨겼다. 그는 주체할 수 없을 정도로 몸이 떨리기 시작했고 몸을 한껏 웅크린 채 고개만 슬쩍 들어 속삭였다.

"저건 또 뭐야…."

 브리드가 보고 있는 형체의 입술은 소시지처럼 두꺼웠다. 눈은 둥글었고 온몸에는 투명한 진액이 뒤덮여 있었다. 분명 수산시장 진열대에서 보던 물고기의 모습이었다.

 어항 속에 있던 브리드의 친구들은 문을 열고 나타난 물고기 괴물을 보자마자 겁에 질려 이리저리 헤엄쳤다. 피어즈는 교실을 천천히 둘러보며 말했다.
"아직 그 녀석은 오지 않은 것 같군."
브리드는 책상 밑에서 숨소리조차 들리게 하지 않으려고 두 손으로 입을 틀어막았다. 피어즈는 오리발처럼 널찍한 발을 교실 안으로 내디디고 어항 앞으로 저벅저벅 걸어갔다.
어항 속 브리드의 친구들은 혐오스럽게 생긴 괴물과 눈을 마주치지 않으려고 몸을 돌렸다. 어항 앞에 다가선 괴물은 두 손으로 어항을 든 채 혓바닥으로 입술을 핥고 속삭였다.
"내 입속으로 들어가고 싶구나?"
피어즈는 입을 크게 벌린 채 어항을 눈앞까지 들었다.
그때 브리드는 책상 밖으로 몸을 빼내 의자를 들어 괴물의 뒤통수를 향해 힘껏 던졌다. 뒤통수를 가격당한 괴물은 얼떨떨한지 잠시 멈춰 있다 천천히 고개를 돌렸다.
브리드는 눈을 부릅뜬 채 떨리는 목소리로 소리쳤다.
"내 친구들을 건들지 마!"
피어즈는 어항을 교탁 위에 올려두고 브리드가 서 있는 곳으로 걸어가며 입을 열었다.

"조금만 기다리렴. 너도 어항 속으로 넣어줄게."

브리드는 주먹을 꽉 쥐고 있었지만 두 눈동자는 심하게 흔들렸다. 그는 마른침을 삼키고 겁먹지 않은 척을 하려고 일부러 크게 말했다.

"너…. 너의 정체가 뭐야!"

괴물이 섬뜩해 보이는 웃음을 짓고 대답했다.

"너무 잘생겨서 물어본 거니?"

브리드는 아래턱이 떨리는 상태로 소리쳤다.

"절대 아니거든? 어서 내 친구들을 원래대로 돌려놔!"

그때 피어즈는 브리드의 두 눈동자에 샛노란 별이 있는 것을 유심히 보고 속삭였다.

"덴젤 여왕님께서 찾고 계시는 녀석이야…."

브리드는 주먹 쥔 상태로 소리를 내질렀다.

"내 친구들을 잡아먹으면 가…. 가만두지 않겠어!"

피어즈는 마치 배고픈 상황에 빵 한 조각을 입안에 넣은 것처럼 미소를 짓고 입을 열었다.

"넌 나와 같이 덴젤 여왕님께 가야겠어."

브리드는 미간을 찡그리며 소리쳤다.

"덴…. 무슨 여왕? 너 같은 괴물을 절대 따라가지 않을 거야!"

피어즈는 다리를 떨고 있는 브리드를 보고 천천히 대답했다.

"순순히 따라가지 않으면 널 기절시켜서 끌고 갈 수밖에 없단다?"

브리드는 겁에 질려 아무 말도 내뱉을 수 없었다. 물고기 괴물은 그의 얼굴이 선크림을 잔뜩 바른 듯 하얗게 질려버린 것을 보고 말을 이었다.

"지금 날 따라오는 게 좋겠지?"

브리드는 머리를 격하게 저으며 소리쳤다.

"싫어! 절대 잡혀가지 않을 거야!"

피어즈는 답답하다는 듯 깊은 한숨을 내쉬고 입을 열었다.

"그럼 기절시켜서 끌고 가야겠군…."

괴물은 브리드가 서 있는 곳으로 발을 내디뎠다. 브리드도 뒷걸음질 치며 떨리는 목소리로 말했다.

"왜…. 나를 데려가려는 건데?"

물고기 괴물은 투명한 진액으로 뒤덮인 두 손바닥을 맞대 비비면서 대답했다.

"넌 재밌는 능력을 갖추고 있거든."

브리드는 계속 뒤로 가면서 말했다.

"그런 건 없으니까 저리 꺼져!"

피어즈는 동그란 눈을 부릅뜨고 말을 내뱉었다.

"계속 소리쳐 봐. 이제 내 주먹에 맞고 기절할 테니까."

브리드는 뒤에 있던 책상과 의자를 모두 쓰러뜨리며 결국 벽에 등을 부딪쳤다. 더는 뒤로 갈 수 없게 되었다.

괴물은 한껏 여유로워진 표정으로 브리드를 향해 다가가며 말했다.

"이제 도망갈 곳도 없는데, 설마 창문 밖으로 뛰어내릴 건 아니지?"

브리드는 벽에 손바닥을 댄 채 어금니를 깨물고 대답했다.

"어서 내 친구들을 원래 상태로 되돌리고 네가 살던 곳으로 돌아가."

브리드와 피어즈의 거리는 책상 두 개 정도로 가까워졌다. 괴물은 고개를 저으며 말했다.

"역시 인간들은 너무 멍청해서 말을 못 알아먹는다니까?"

브리드는 피어즈의 몸과 가까워지자 수산시장 안에 들어온 것처럼 심한 비린 냄새를 맡아 입으로 숨을 내쉬었다. 그의 온몸은 이미 땀으로 젖어 있었고 머릿속으로는 어떻게 하면 앞에 있는 괴물을 해치울 수 있을지 머리를 쥐어짰다.

그때 피어즈는 브리드의 멱살을 한 손으로 부여잡고 말했다.

"이제 네가 눈을 뜨면 덴젤 여왕님께서 앞에 계실 거야."

브리드는 괴물의 팔을 떼어내기 위해 두 손으로 잡으려 했지만, 물 풀처럼 끈적이는 진액 때문에 소용없었다.

물고기 괴물은 팔을 뒤로 뻗어 그의 뺨을 후려칠 준비를 했다.

그때 어항 속에서 상황을 지켜보던 브리드의 친구 수호가 마치 화재 현장에 물대포를 쏴대는 것처럼 입 안에 물을 가득 머금고 괴물을 향해 뱉어냈다. 물줄기는 마치 강속구 투수의 직구처럼 빠르게 날아가 피어즈 머리에 명중했다.

물고기 괴물은 갑자기 차가운 물에 들어온 듯 몸을 움찔거리고 소리쳤다.

"뭐야!"

피어즈는 몸에 묻은 물을 쓸어내리고 어항 쪽으로

순식간에 다가가 말했다.

"감히 내 깨끗한 몸에 침을 뱉어? 너희들 먼저 내 뱃속으로 넣어줄게."

브리드는 피어즈가 무언가 큰일을 저지를 것처럼 어항 쪽으로 다가가자 소리쳤다.

"내 친구들을 잡아먹는 건 절대 안 돼!"

브리드는 숨을 거칠게 내쉬며 머리가 헝클어질 정도로 부여잡았다. 물고기 괴물은 어항 속을 노려보며 말했다.

"방금 내 머리에 침을 뱉은 녀석이 누구니?"

어항 안에 있는 브리드의 친구들은 모르는 일인 듯 유유히 헤엄쳤다. 피어즈는 아무도 대답하지 않자 두 손으로 어항을 잡고 이리저리 흔들어 대며 말했다.

"빨리 나오지 못해?"

어항이 흔들리자 브리드의 친구들은 마치 변기 속에 빨려 들어가는 휴지처럼 몸이 뒤집히거나 서로 부딪혔다.

브리드는 주먹을 꽉 쥔 채 피어즈를 보며 외쳤다.

"그만둬!"

피어즈는 어항 속 물고기들이 고통스러워하는 모습

을 보고 기괴한 미소를 지으며 입을 열었다.

"너희들을 모조리 마셔버려야겠어."

물고기 괴물은 입을 크게 벌렸다. 그의 입은 마치 들어가면 절대 나오지 못할 블랙홀처럼 섬뜩했다.

그때 베렌이 소리쳤다.

"내가 그랬다! 이 못생긴 괴물아!"

피어즈는 입을 뻥긋거리고 있는 베렌을 보았다. 그녀는 울먹이고 있었지만, 괴물의 눈을 피하지 않았다. 괴물은 겁에 질린 듯한 그녀의 표정을 보고 말했다.

"감히 너 따위가 이 피어즈 님을 공격하다니…."

사실 피어즈를 향해 물을 뱉어낸 건 뿔테 안경을 쓰고 있는 수호였지만, 베렌은 친구들 모두가 죽을 위기에 처하자 어쩔 수 없이 나선 것이었다. 정작 수호는 눈을 꾹 감고 있었다.

베렌은 혐오스러운 괴물을 보며 외쳤다.

"못생긴 얼굴에 침 좀 뱉었다! 어쩔래?"

피어즈는 숨을 격하게 내쉬기 시작하며 동그란 눈을 부릅뜨고 대답했다.

"내…. 내가 못생겼다고? 널 잘근잘근 씹어줄게."

피어즈는 교탁 위에 어항을 놓고 진액이 흐르는 손을

푹 집어넣었다. 브리드의 친구들은 그에게 잡히지 않으려고 마치 힘을 잃은 종이비행기처럼 이리저리 움직였다. 베렌도 최대한 빠르게 도망쳤지만, 그의 손아귀에 잡혀버리고 말았다. 그녀는 마치 뽑기 기계 속 집게에 잡힌 인형처럼 위로 끌려가는 상태에서 소리쳤다.
"너희들은 반드시 살아야 해!"

물고기 괴물은 마치 잠자리를 처음 잡아본 어린아이처럼 눈앞까지 베렌을 집어 올리고 말을 꺼냈다.
"어차피 저 녀석들도 내 뱃속으로 들어갈 거야…"
숨을 크게 들이마신 베렌은 피어즈 눈에 침을 뱉어내고 소리쳤다.
"이거나 먹어!"
물고기 괴물은 예상치 못한 공격에 들고 있던 베렌을 순간 놓쳐버렸다. 그는 두 손으로 한쪽 눈을 틀어막았다. 베렌은 수족관에서 탈출하고 싶은 물고기처럼 모든 힘을 끌어모아 펄떡거렸다. 피어즈는 한쪽 무릎을 높게 들어 올리며 소리쳤다.
"넌 내가 밟아 죽일 거야!"
그때 뒤에 서 있던 브리드가 별빛이 반짝이는 눈을

부릅뜨고 외쳤다.

"멈춰! 내 친구를 다시 어항 속에 넣어주면, 순순히 너를 따라갈게."

피어즈는 다리를 슬며시 내리고 고개만 슬쩍 돌려 대답했다.

"맞아. 난 이 멍청한 녀석들한텐 관심이 없어. 오직 너를 덴젤 여왕님 앞에 바치기만 하면 되거든…."

피어즈는 마치 누가 씹다 뱉은 껌을 줍는 것처럼 베렌을 들어 어항 속에 던졌다. 어항에 들어간 베렌은 불규칙적으로 숨을 헐떡이며 입을 열었다.

"브리드가…."

브리드는 피어즈가 서 있는 곳을 향해 천천히 다가갔다. 괴물은 얕은 미소를 지으며 속삭였다.

"덴젤 여왕님…. 이제 저에게 더 많은 사랑을 주실 거죠?"

브리드는 두 주먹을 꽉 쥐고 피어즈 앞에 서서 말했다.

"먼저 가. 뒤를 따라갈게."

물고기 괴물은 재빨리 뒤를 돌아 열려 있는 앞문으로 걸어 나갔다. 그때 브리드는 앞에 있는 의자를 두 손으로 움켜쥐고 피어즈의 머리를 힘껏 후려치며 외쳤다.

"넌 내 손으로 죽일 거야!"

피어즈는 마치 빠르게 달려오던 자동차에 치인 것처럼 힘없이 쓰러졌다. 브리드는 넘어진 괴물이 의식을 잃을 때까지 의자를 찍어댔다. 하지만 정신을 차린 물고기 괴물은 의자를 한 손으로 잡고 경멸하는 눈빛으로 브리드를 보며 입을 열었다.

"감히…. 나를 속여?"

브리드의 친구들은 어항 한곳에 모여 걱정스러운 눈빛으로 상황을 지켜보았다. 피어즈는 녹색 칠판 쪽으로 의자를 집어 던지고 천천히 일어났다.

브리드는 처참하게 부서진 의자를 보고 창문이 열려 있는 곳으로 다시 도망갔다.

피어즈는 얼굴을 찡그린 채 머리를 어루만지며 속삭였다.

"그래…. 인간들은 원래 서로를 항상 배신하는 종족이었지."

숨을 격하게 내쉬기 시작한 물고기 괴물은 브리드가 서 있는 곳까지 순식간에 달려갔다. 브리드는 주변에 쓰러져 있는 책상과 의자를 잡히는 대로 던져댔다. 하지만 피어즈는 마치 눈앞에서 날고 있는 파리를 쳐내듯 전혀 방해되지 않아 보였다.

극도의 불안함을 느끼고 있는 브리드는 주변을 둘러보다 펄럭이는 커튼을 잡아당겨 뜯었다. 이후 그는 피어즈의 몸에 달라붙었고 숨통을 끊기 위해 머리에 커튼을 씌웠다. 하지만 괴물은 커튼을 브리드의 몸을 두 손으로 잡고 벽으로 힘껏 내던지며 소리쳤다.

"감히 인간 따위가 날 죽이려고 해?"

브리드는 벽에 부딪혀 더는 일어날 수 없을 정도로 온몸에 극심한 통증이 느껴졌다.

"윽…."

피어즈는 머리에 휘감겨 있는 커튼을 옆으로 내팽개치고 쓰러진 브리드 앞으로 다가갔다.

브리드는 두 손으로 가슴을 부여잡은 채 숨을 헐떡였다.

한쪽 무릎을 꿇고 앉은 피어즈는 한 손으로 브리드의 목을 쥐고 입을 열었다.

"조금 아플 거야."

물고기 괴물은 손에 힘을 주며 브리드의 목을 조르기 시작했다. 브리드의 얼굴은 잘 익은 토마토처럼 점점 붉어졌고 지금 그가 할 수 있는 건 손끝을 까딱거리거나 발만 버둥거리는 것뿐이었다.

그의 눈 속에 있던 밝은 별은 점점 희미해졌고 몸 전체의 힘도 사라져 갔다. 피어즈는 눈이 감기는 그를 내려다보며 양쪽 입꼬리가 슬며시 올라갔다.

그때 교실 전체에 뜨거운 불길이 번쩍거렸다. 그 모습은 마치 폭죽 여러 개가 동시에 터지는 것처럼 보였다. 브리드는 의식이 사라져 가는 도중에 눈을 부릅떴다.

피어즈의 손아귀는 순식간에 힘이 없어졌다. 쓰러져 있는 브리드는 숨을 격하게 내쉬며 앞을 보았다.

물고기 괴물의 머리는 마치 불붙은 성냥처럼 활활 타올랐다. 그는 진득한 두 손으로 머리를 마구 비비며 소리쳤다.

"너무 뜨거워…. 너무 따가워…!"

교탁 앞에 나타난 사람은 양손에 불이 타오르고 있었다. 그는 물고기 괴물을 향해 들고 있던 불덩이를 한 번 더 내던졌다.

십 초도 지나지 않아, 피어즈 몸 전체에 불이 번져 마치 새까맣게 타버린 생선구이처럼 변했다. 어항 속에 있는 브리드의 친구들은 모두 놀라 입을 동그랗게 벌리고 있었다.

 브리드도 힘겹게 고개를 들어 교탁 앞에 서 있는 사람을 바라보았다. 양손에 불이 타오르고 있는 사람의 눈동자는 마치 두 개의 태양이 떠 있는 것처럼 붉게 빛나고 있었다.

 브리드는 그를 보며 속삭였다.

 "저…. 저 사람도……."

3
별의 정체

　물고기 괴물은 살이 뜯겨 나가는 고통 때문에 몸을 이리저리 비틀어 대며 발버둥을 쳤다. 결국, 피어즈는 불에 타고 있는 종잇장처럼 검게 변했다. 갑자기 나타난 사람의 눈은 태양처럼 붉게 빛났고 눈매는 호랑이처럼 용맹해 보였다. 목에는 하얀 목도리가 정갈하게 둘려 있었다.

　브리드는 가슴에 두 손을 대고 숨을 격하게 내쉬면서 붉은 눈동자를 계속 쳐다보았다. 어항 속에 있던 그의 친구들도 놀라 입을 뻥긋거렸다. 양손에서 불꽃이 타오르던 소년은 괴물의 형체가 완전히 사라지자 두 손을 맞잡아 불을 껐다. 그는 브리드 앞으로 천천히 다가와 입을 열었다.

"조금만 늦었으면 잡혀갈 뻔했어."

브리드는 그의 엄청난 능력을 본 충격이 사라지지 않아 눈만 격하게 깜빡였다. 두 눈동자가 붉은 그는 한쪽 무릎을 꿇고 앉아 무심하게 말을 이었다.

"내 이름은 하디. 이제 안심해도 돼."

브리드는 마른침을 삼키고 떨리는 목소리로 대답했다.

"난…. 브리드."

하디는 창문 밖을 힐끗 보더니 브리드의 손목을 잡고 말했다.

"어서 가야 해."

브리드는 그를 멀뚱히 보며 답했다.

"어딜…?"

하디는 주변을 둘러보고 비밀을 말하려는 것처럼 조용히 속삭였다.

"널 기다리고 있는 사람들이 있는 곳."

브리드가 보기에 하디는 자신을 이상한 곳에 데려가려 하는 것 같지 않아 무언가에 홀린 것처럼 말을 내뱉었다.

"알겠어. 그곳이 어딘지 모르겠지만…."

하디는 대답 없이 고개만 끄덕이고 일어나 창문이 열려 있는 쪽으로 브리드의 손목을 잡고 걸어갔다. 브리드는 그에게 이끌려 가는 도중에 소리쳤다.

"잠깐만! 여긴 삼 층인데 혹시 뛰어내리려는 건 아니지?"

하디가 잠시 서서 말했다.

"내 손만 잘 잡고 있으면 돼."

브리드가 겁에 질린 표정으로 붉은 눈동자를 봤다. 하디는 창틀에 발을 올리자마자 주저 없이 창밖으로 힘껏 뛰어올랐다. 브리드는 마치 코알라가 나무 기둥을 끌어안고 있는 것처럼 하디의 팔 한쪽을 감싼 채 눈을 질끈 감았다.

어항 속에 있던 그의 친구들은 그들의 모습을 보고 놀라 마치 먹이를 먹으려는 고래처럼 입을 크게 벌렸다. 하디의 팔을 붙든 채 날아오른 브리드의 머리는 휘몰아치는 바람 때문에 머리카락이 전부 뽑혀 나가는 줄 알았다.

잠시 뒤 그들은 학교 정문까지 순식간에 날아가 무사히 발을 내디뎠다. 브리드는 길 잃은 아이처럼 멍하니 서 있었고 옆에 서 있는 하디는 아무 일 아니라는 것처럼 두 손을 툭툭 털어냈다.

브리드는 그를 보며 조심스럽게 말했다.

"이제…. 어떻게 하면 되는 거야?"

하디는 팔짱을 끼고 무심하게 대답했다.

"학교를 원래 상태로 돌려놓을 거야."

브리드는 믿기지 않는 듯한 눈빛으로 그를 보며 물었다.

"네가 그렇게 할 수 있어?"

하디는 고개만 살짝 끄덕이고 말했다.

"이제 저 아이들은 너에 대한 기억이 완전히 사라질 거야."

브리드는 낯선 음식을 입에 집어넣은 것처럼 오묘한 표정을 짓고 입을 열었다.

"나에 대한 기억이 전부 사라진다고?"

하디는 감정 없는 로봇처럼 무심하게 답했다.

"조금 뒤에 지금 벌어진 이 상황에 대해서 모두 말해줄게. 지금은 내 말대로 하는 게 좋을 거야. 그곳으로 떠나기 전에 너희 어머니도 만날 거니까 걱정하지 마."

브리드는 고개를 숙인 채 땅을 차며 속삭였다.

"알겠어…."

하디는 한쪽 무릎을 꿇고 땅에 두 손바닥을 조심스

럽게 가져다 댔다. 잠시 뒤 그의 손바닥으로부터 붉은 거미줄이 퍼져나가더니 학교 전체를 순식간에 뒤덮었다. 엄청난 화염이 학교 전체를 잡아먹을 것처럼 뒤덮더니 시간이 지나자 한순간에 사라졌다. 마치 사람의 입김에 꺼진 촛불처럼.

학교를 감싸고 있던 붉은 거미줄도 사라졌다. 하디가 일어나자 학교 안에서 학생들이 북적거리는 소리가 들려왔다. 브리드는 친구들이 돌아다니는 모습을 창문을 통해 보며 말했다.

"정말…. 모두가 날 잊은 거야?"

하디는 대답 없이 고개만 끄덕였다.

그때 그는 창문 밖을 보고 있는 베렌과 눈이 마주쳐 오른팔을 높게 들고 소리쳤다.

"베렌! 나 여기 있어!"

하지만 베렌의 눈빛은 마치 술에 잔뜩 취한 사람을 보는 것처럼 어리둥절한 표정을 짓고 있었다. 환하게 웃고 있던 브리드의 양쪽 입꼬리는 점점 내려갔고 올리고 있던 팔도 힘없이 툭 떨어뜨렸다.

그는 울먹거리며 속삭였다.

"날 모르는 사람처럼 보고 있어…."

베렌은 브리드를 보다 고개를 휙 돌려 다른 친구에게 갔다. 브리드는 자신에 대한 기억이 완전히 사라졌다는 걸 깨닫고 털썩 주저앉았다.

하디는 그를 일으키며 말했다.

"기억을 지우지 않으면, 걷잡을 수 없는 위험한 일이 생겨."

브리드는 닭똥 같은 눈물을 떨어뜨렸다. 그는 마치 갓 태어난 망아지처럼 힘겹게 일어나 말했다.

"어머니도 날 잊은 거야?"

하디가 고개를 저으며 답했다.

"그건 아니야."

브리드는 모든 것을 잃은 사람처럼 고개를 숙인 채 집으로 발걸음을 내디뎠다.

얼마 지나지 않아, 브리드는 집 앞에 도착했다. 그는 마치 문이 열려 있는 집을 우연히 발견한 도둑처럼 조심스럽게 문고리를 돌렸다. 그도 해가 있는 내낮에 집으로 돌아온 적은 처음이었다.

문이 열리자 타리나는 한 손에 국자를 쥔 상태로 급하게 달려와 그를 보고 말했다.

"브리드, 왜 벌써 온 거니? 학교에서 무슨 일 있었어?"

브리드는 조금 전 일어난 상황을 도저히 설명할 수 없어 말을 더듬었다.

"그…. 그게."

그때 브리드 뒤에서 하디가 모습을 드러냈다. 타리나는 마치 섬뜩한 유령과 마주치기라도 한 것처럼 하디를 보자마자 들고 있던 국자를 떨어뜨렸다. 그녀는 경직된 두 손을 입에 가져다 대고 떨리는 목소리로 말을 내뱉었다.

"하디…. 맞지?"

하디는 고개를 살짝 숙여 인사했다.

"안녕하세요. 오랜만에 뵙습니다."

브리드는 어머니가 하디를 알고 있자 당황한 눈빛으로 둘을 번갈아 보았다. 떨어진 국자를 다시 집어 든 그녀는 무언가 알아낸 듯 침착하게 말했다.

"일단 들어오렴."

브리드는 자신만 모르고 있는 사실을 알고 싶었기에 제일 먼저 거실 소파에 앉았다. 하디도 그의 옆에 허리를 꼿꼿이 세운 채 앉았다.

거실엔 가족용 소파 하나가 놓여 있었고 맞은편 벽엔 적당한 크기의 텔레비전이 붙어 있었다. 그 사이엔 소파 길이만 한 나무 탁자가 자리를 차지했다.

타리나는 따뜻한 코코아 두 잔을 탁자 위에 올려놓고 티브이 앞 바닥에 앉았다. 브리드는 두 손으로 하얀 머그잔을 든 채 어머니와 하디를 번갈아 보기만 했다. 탁자 모서리를 멍하니 보던 브리드의 어머니가 먼저 입을 열었다.

"여긴 무슨 일로 온 거니?"

하디는 턱 밑까지 목도리를 내리고 대답했다.

"호르비스 성에 심각한 문제가 생겼습니다."

브리드는 머그잔에 입술을 댄 채 눈동자만 움직여 둘을 번갈아 보았다. 타리나는 잠시 창밖을 보며 어떤 충격적인 소식이라도 받아들일 수 있게 준비하듯 얕은 한숨을 내쉬고 말했다.

"어떤 문제가 생겼는지 말해줄 수 있겠니?"

하디는 코코아를 홀짝 마시고 머그잔을 탁자 위에 올려놓음과 동시에 조용히 대답했다.

"덴젤 마녀에게 영생의 고서를 빼앗겼습니다."

타리나는 아니길 바랐던 상황이 그의 입에서 들려오자 연약한 두 주먹을 꽉 쥐었다. 브리드는 마치 의사들이 의학용어를 사용해 대화하는 것처럼 알아들을 수 없다는 듯 고개를 갸우뚱거리고 말했다.

"영생의 고서하고 호르…. 무슨 성이 대체 뭐예요?"

타리나는 창밖에서 보이는 구름을 보며 한숨 쉬듯 대답했다.

"브리드는 다른 아이들처럼 평범하게 살길 바랐는데…."

하디는 그녀를 보고 말했다.

"이젠 브리드에게 모든 걸 말해줘야 할 것 같아요."

타리나는 대답 대신 주머니에서 사진 한 장을 꺼냈다. 그녀가 꺼낸 사진은 우표처럼 작았고 오래된 신문처럼 색이 흐릿하게 변해 있었다. 브리드는 머그잔을 탁자 위에 살포시 내려놓고 사진을 두 손으로 받아 사진 속에서 환하게 웃고 있는 어머니와 태어난 지 얼마 안 돼 울고 있는 자신의 모습을 보았다.

브리드를 안고 있는 사람은 곰처럼 몸집이 크고 하얀 이빨이 전부 보일 정도로 웃고 있었다. 그 남자의 눈에도 반짝이는 별이 보였다. 브리드는 그의 얼굴을 유심히 보며 조용히 말했다.

"이 사람이 설마…."

타리나는 얼굴을 붉힌 채 속삭였다.

"너의 아버지란다."

브리드는 태어나서 처음으로 아버지의 얼굴을 보았다. 그가 아버지에 대해 알고 있던 것은 오래전에 안타까운 사고로 하늘나라에 갔다는 소식뿐이었다.

그의 어머니는 눈물을 흘리지 않으려고 일부러 헛기침하고 말했다.

"너의 아버지 브리타도 눈 속에 별이 있었어. 그 별은 아주 특별하고 강력한 힘을 가지고 있지. 하지만 눈에 별이 있는 사람이 두 명이면 반드시 한 명은 죽게 되는 운명에 마주치게 돼. 그래서 너의 아버지 브리타가 너를 지키기 위해 스스로 목숨을 희생한 거란다."

브리드는 한동안 아무 말 없이 사진 속 밝게 웃고 있는 남자만 보았다. 이후 그는 머리가 지끈거려 이마를 쓸어내렸다.

타리나는 조용히 말을 이었다.

"눈동자 속에 별이 있는 존재는 영생의 고서를 유일하게 해독할 수 있고 그 안에 봉인되어 있는 엄청난 마법을 다스릴 수 있어. 만약 다른 존재가 함부로 건드린다면 상상할 수 없는 끔찍한 일이 벌어질 수도 있단다."

브리드는 몸에 있던 영혼이 빠져나갈 것처럼 깊은

숨을 내쉬고 말했다.

"도대체 영생의 고서가 뭐예요?"

하디가 식어버린 코코아를 한꺼번에 들이마시고 대답했다.

"영생의 고서는 주변에 있는 것들을 건강한 상태로 영원히 유지해 줄 수 있어."

브리드는 탁자 위에 사진을 올려두고 하디에게 물었다.

"덴젤이란 이름은 물고기 괴물이 계속 말하던데?"

하디는 목도리로 입을 가리고 팔짱을 끼며 대답했다.

"학교에 나타난 피어즈는 덴젤 마녀가 자신을 지키기 위해 만든 모크들 중 하나야. 사악한 마녀는 너를 납치해서 영원한 힘과 생명을 얻고 싶어 하는 거지."

브리드는 갑자기 몰려드는 압박감 때문에 두 손으로 머리를 쥐어 잡았다. 타리나는 삐쩍 마른 길고양이를 보듯 안쓰러운 눈빛으로 그를 보며 말했다.

"너는 하디와 같이 떠나 덴젤 마녀가 빼앗아 간 영생의 고서를 다시 호르비스 성에 돌려놔야 한단다."

브리드는 주체할 수 없을 정도로 떨리기 시작한 손을 맞잡고 물었다.

"호르비스 성은 어디 있는 거예요?"

하디가 대신 대답했다.

"네가 사는 이곳엔 없어."

브리드는 마치 어려운 수학 문제의 답을 찾고 있는 것처럼 답답해하며 말했다.

"지금 저한테 무슨 일이 일어난 것인지 모르겠어요. 머리가 터져버릴 것만 같다고요!"

타리나는 그의 손을 살포시 잡고 입을 열었다.

"너무 걱정하지 말렴. 하디가 너를 지켜줄 거란다. 그리고 호르비스 성에 도착하면 너를 도와줄 사람들이 있을 거야."

브리드는 울먹거리며 말했다.

"어머니도 같이 가면 안 돼요?"

타리나는 고개를 저으며 대답했다.

"난 그곳에 들어갈 수 없단다."

브리드는 하디의 얼굴을 슬쩍 보며 조심스럽게 말을 꺼냈다.

"만약…. 내가 호르비스 성으로 가지 않으면 어떻게 되는 거야?"

하디는 무덤덤한 표정을 유지하며 입을 열었다.

"수천 년 동안 유지되던 호르비스 성은 완전히 썩을

거야. 그리고 너를 포함한 다른 마법사들도 얼마 뒤에 죽겠지."

그 말을 듣고 브리드는 시들어 버린 꽃처럼 고개를 숙인 채 깊은 생각에 잠겼다. 잠시 뒤 그는 두 주먹을 불끈 쥐고 소리쳤다.

"아버지가 물려주신 이 소중한 능력과 함께 떠나볼게요!"

타리나의 눈시울은 점점 붉어졌다. 브리드는 어머니의 얼굴을 보고 일부러 더 밝게 웃으며 말했다.

"제가 영생의 고서를 되찾아 금방 돌아올 테니, 조금만 기다려 주세요."

하디는 소파에서 일어나며 입을 열었다.

"이제 떠나자. 이 시간에도 호르비스 성은 썩어가고 있어."

그때 타리나가 자리에서 일어나며 말했다.

"그 전에, 배를 좀 채우고 가는 건 어때? 이제 기나긴 여정을 시작하면 제대로 된 끼니를 챙기지 못할 텐데…."

하디는 고개를 저으며 대답했다.

"죄송하지만 배가 고프지 않습니다."

그 순간 하디의 배에서 거대한 뱃고동 소리가 집 안에 울려 퍼졌다. 브리드와 타리나는 웃음을 참으며 그를 보았다. 얼굴이 붉게 달아오른 하디는 고개를 숙였다.

잠시 뒤 브리드와 하디는 나란히 식탁에 앉았다. 타리나는 달걀부침과 엄지손가락 크기의 소시지를 접시에 잔뜩 담아 식탁 위에 올려두었고 하디는 젓가락이 보이지 않을 정도로 소시지를 집어 먹었다. 브리드는 그의 모습을 보고 흐뭇한 미소를 지었다.

십 분 정도 지나자, 그들은 접시 위에 있던 음식을 전부 해치워 버렸다.

타리나는 깜짝 놀란 표정을 지으며 말했다.

"더…. 줄까?"

브리드는 격하게 손사래를 치며 대답했다.

"더 먹으면 배가 터져버릴 거예요."

그때 하디가 조용히 입을 열었다.

"더 주세요."

브리드와 타리나는 당황한 듯한 표정으로 잠시 그를 쳐다보았다. 이후 하디는 밥 한 공기를 더 먹고 젓가락을 내려놓고 자리에서 일어났다. 브리드도 그를 따라 무거운 몸을 일으켰다.

타리나는 아직 그들을 떠나보낼 준비가 되지 않았는지 미묘한 표정을 지은 채 식탁 한곳만 계속 닦았다.

브리드는 어머니를 안심시키기 위해 자신감 넘치는 척 고개를 끄덕이며 외쳤다.

"어서 가자!"

브리드는 불끈 쥔 주먹을 높이 올렸다. 그의 주먹을 보면 그보다 한참 어린아이와 싸우더라도 질 것 같았다.

브리드는 마치 경기장으로 들어설 때의 축구선수처럼 의기양양한 걸음걸이로 신발장에 갔다. 하디는 잔뜩 들떠 있는 그를 보며 조용히 말했다.

"거기로 가는 거 아니야."

브리드는 죽은 척하는 곤충처럼 순간 멈춘 상태에서 말을 내뱉었다.

"호르비스 성으로 가려면 기차나 버스를 타야 하는 거 아니야?"

하디는 고개를 저으며 무심히 대답했다.

"날 따라와."

하디는 문이 열려 있는 브리드의 방 안으로 들어갔다. 타리나도 그를 따랐다. 브리드는 신발에서 발을 빼내며 속삭였다.

"거…. 거긴 내 방인데?"

브리드는 어안이 벙벙한 상태로 일단 그들을 따라 방 안으로 들어갔다. 타리나는 침대 옆에 서 있었고 하디는 침대 위에서 올곧게 누워 있었다. 브리드는 마치 길을 걸어가던 중 날개 달린 얼룩말을 보기라도 한 것처럼 멀뚱히 서서 말했다.

"시간 없다고 하지 않았어? 왜 거기에 누워 있는 거야?"

하디는 브리드가 가만히 서 있는 것을 보며 입을 열었다.

"빨리 옆으로 와. 시간 없어."

타리나도 슬며시 고개를 끄덕였다. 브리드는 영문도 모른 채 침대 위로 올라가 하디 옆에 앉았다. 하디는 그가 침대 위로 올라오자 타리나를 보며 말했다.

"다녀오겠습니다."

타리나는 슬픔이 섞인 눈빛으로 그들을 보며 대답했다.

"무사히 다녀오렴…."

하디는 앉아 있는 브리드의 옷을 잡아당겨 침대에 눕혔다. 이후 그는 이불을 쥐고 속삭였다.

"이제 출발할 거야."

브리드는 미간을 찡그린 채 그를 보며 말했다.

"난 전혀 졸리지 않은데?"

하디는 그의 말을 들은 체도 하지 않고 이불을 머리 끝까지 끌어올리며 말을 꺼냈다.

"눈 감아. 금방 도착할 거야."

브리드는 하디가 무엇을 하려는지 전혀 짐작할 수 없었지만 일단 눈을 감았다. 그러자 몸속에 있던 영혼들이 밖으로 빠져나가는 듯한 느낌이 들기 시작하면서 점점 몽롱해졌다.

4
눈길 속 정거장

 잠시 뒤 브리드는 마치 빙판길 위에 누워 있는 것처럼 등골이 찌릿해졌다. 그는 심상치 않은 상황이 벌어졌다는 직감에 눈을 꾹 감은 채 조심스럽게 말했다.
 "하디, 이제 눈을 떠도 돼?"
 하디는 머리끝까지 올렸던 이불을 슬그머니 내렸다. 그가 이불을 내리자마자 차가운 바람이 환영한다는 듯 거세게 휘몰아쳤다.
 브리드는 눈을 부릅떴고 자신의 방이 아니라는 것을 보자 빠르게 몸을 일으켰고 멍한 표정으로 주변을 둘러보았다. 그를 감싸고 있는 새하얀 눈밭은 마치 생크림만 발려 있는 케이크처럼 보였다.

하디는 매일 자고 일어났던 안방인 듯 아무렇지 않게 이불을 개고 옷에 묻어 있는 눈을 툭툭 털어냈다.

브리드는 겁먹은 눈빛으로 그를 보며 말했다.

"여기가 어디야?"

하디는 그의 얼굴도 보지 않고 무심하게 대답했다.

"호르비스 정거장으로 가는 길."

브리드는 보고도 믿기지 않는 상황에 침을 크게 삼키고 떨리는 목소리로 말했다.

"지금…. 꿈속에 들어온 거지?"

하디는 고개를 저으며 대답했다.

"이건 꿈이 아니야. 그것보다 네 궁둥이에 붙은 눈을 빨리 털지 않으면 축축하게 젖어버릴 거야."

브리드가 몸을 터는 와중에 코는 금세 잘 익은 체리처럼 붉어졌고 몸은 주체할 수 없을 정도로 떨려왔다.

하디는 그를 유심히 보고 말했다.

"어서 정거장으로 가자."

하디는 한쪽 팔을 들어 멀리에 있는 정거장을 가리켰다. 브리드는 목이 빠질 것처럼 고개를 내밀었고 손톱보다 작게 보이는 오두막 하나를 보았다.

브리드는 눈을 껌뻑이며 말했다.

"저렇게 먼 곳까지 어떻게 가려고?"
하디는 단호한 말투로 대답했다.
"걸어가야지."
브리드는 자신의 시험성적표를 본 것처럼 심각한 표정을 짓고 말했다.
"저번처럼 한 번에 날아갈 수 있는 마법이 있잖아."
하디는 고개를 저으며 대답했다.
"여기서 함부로 사용하면 큰일 나."
하디는 발목까지 쌓인 눈길 위에 발자국만 남기며 앞으로 나아갔다. 잠시 서 있던 브리드는 하디의 흩날리는 목도리를 보고 말을 내뱉었다.
"이대로 가다간 발에 감각이 없어질 수 있을 것 같아."
하디는 뒤를 돌아보지 않고 대답했다.
"앞만 보고 걷다 보면 금방 도착할 거니까 참아."
브리드는 오리처럼 입을 삐죽 내밀었다. 그는 한 번 더 말하면 하디가 마법을 사용하리라 생각했지만 단호한 대답만 들려와 그를 노려보며 속삭였다.
"칫…. 성격 참 까다롭네."
앞서 걸어가던 하디가 고개만 살짝 돌려 입을 열었다.
"다 들리거든?"

브리드는 머쓱한 듯 쓴웃음을 지은 채 뒷머리를 긁적이며 말했다.

"들렸어?"

이후 그들은 아무 대화 없이 삼십 분 정도 앞만 보고 나아갔다. 브리드는 처음 호르비스 성에 간다고 들었을 때 동화책에 나올법한 웅장하고 화려한 것을 상상했지만 눈앞에는 한적한 시골에서 흔히 볼 수 있는 나무 오두막만 보였다.

브리드는 하디의 뒷모습을 보며 물었다.

"저 오두막에 가면 재밌는 것도 있어?"

하디는 못마땅하다는 듯 그를 보고 대답했다.

"넌 놀러 온 게 아니야. 빼앗긴 영생의 고서를 되찾기 위해 온 거라고."

브리드는 지금 불어오는 바람보다 더 차갑게 말하는 그를 보며 속삭였다.

"알겠어…. 알겠다고…."

그때 브리드 머리 위로 무언가가 툭 떨어져 부서졌다. 그는 고개를 들어 하늘을 보았고 하디도 위를 보며 말했다.

"눈이 오는 거니까 신경 쓸 거 없어."

반면 브리드는 마치 외계 비행체가 지나가는 것을 보는 것처럼 자리에 멈춰 선 채 눈송이를 보며 말했다.

"이게 눈이라고?"

눈의 결정체는 손바닥만큼 컸다. 평범한 눈송이라면 눈의 결정을 보기 위해 손가락 위에 간신히 올려두고 두 눈을 크게 떠야 했지만, 지금은 가만히 서 있기만 해도 선명하게 보였다. 브리드 앞에서 내리고 있는 눈의 결정체는 마치 사람들이 손을 맞잡고 둥글게 누워 있는 모양이었다.

브리드는 눈을 격하게 깜빡이며 잠시 움직이지 않았다. 하디는 전혀 관심 없다는 듯 앞만 보며 묵묵히 걸었다.

잠시 뒤 브리드는 소풍 전날 기대에 찬 아이처럼 활짝 웃으며 하디의 뒤를 쫓아갔다.

브리드는 발에 감각이 사라진 것도 잊은 채 이리저리 뛰었다. 그렇지만 눈의 결정은 *그*가 아무리 조심스럽게 집어보려 해도 힘없이 부서졌다.

브리드는 한숨을 내쉬고 말했다.

"잘 간직해서 집에 가져가고 싶었는데…."

시간이 지나 눈은 서서히 그쳐갔다. 결국, 브리드는

거대한 눈의 결정체를 단 하나도 가져갈 수 없었다.

그때 하디가 걸음을 멈추고 말했다.

"앞을 봐!"

브리드는 어깨를 축 늘어뜨린 채 고개를 올렸다. 조금 전만 해도 까마득한 위치에 있었던 갈색 오두막이 바로 앞에 있었다.

브리드는 멀뚱히 서서 말했다.

"드디어 네가 마법을 사용한 거야?"

하디는 고개를 저으며 대답했다.

"네가 하늘만 보면서 걷다 여기까지 온 거야."

브리드는 뒤를 돌아 수많은 발자국이 찍혀 있는 것을 보았다. 이제 그들은 열 발자국만 더 가면 몸을 녹일 수 있는 오두막 안에 들어갈 수 있었다.

다시 추위를 느끼기 시작한 브리드는 양쪽 어깨를 감싸안으며 말했다.

"어서 들어가자."

그들은 굴뚝에서 연기가 피어오르고 있는 오두막을 향해 갔다.

그때 오두막 뒤편에서 누군가 알 수 없는 소리를 내고 있었다.

"하나…. 둘!"

브리드는 무슨 소리인지 궁금해 그곳으로 발걸음을 옮겼고 장작을 패는 몸집 큰 사람의 뒷모습을 보았다. 그는 밑단이 찢어진 반바지를 입고 있었고 위에 입은 옷은 뱃살 때문에 마치 공기가 가득한 풍선처럼 터질 것처럼 보였다.

브리드는 그에게 말을 걸기 위해 가까이 다가가다 순간 멈췄다. 장작을 패는 형체의 온몸은 선홍빛 피부였고 엉덩이 윗부분에 구불거리는 꼬리가 달려 있었다. 분명 돼지였다.

하디는 팔짱을 낀 채 그를 불렀다.

"루더슨!"

도끼를 힘껏 들어 올린 돼지는 깜짝 놀라 빠르게 몸을 돌렸다. 루더슨은 진한 눈썹을 가지고 있었고 콧구멍은 얼굴의 반을 차지할 정도로 컸다. 그는 귀밑으로 흘러내리는 땀을 닦아내고 말했다.

"하디, 오랜만이네?"

루더슨은 다시 장작을 패기 위해 몸을 돌리려다 브리드를 보고 순간 움직이지 않았다. 브리드는 돼지가 두 발로 서 있는 것을 보고 떨리는 목소리로 속삭였다.

"돼지가 두 발로 서 있다니…."

루더슨은 갑자기 오두막 한편으로 뛰어가더니 황금색 기다란 삼지창을 들고 나타났다. 돼지는 뾰족한 창 끝을 브리드의 얼굴을 향해 겨누고 소리쳤다.

"너는 누구냐!"

하디는 재빨리 창을 잡고 당기면서 소리쳤다.

"이 친구는 모크가 아니야! 눈동자를 자세히 보라고!"

루더슨은 넓은 콧구멍으로 거친 숨을 내쉬며 브리드의 두 눈 속에 있는 별을 보았다. 그제야 돼지는 삼지창이 뜨거워지기라도 한 듯 급히 내려놓고 말했다.

"설마 저 눈은…?"

하디는 안도의 한숨을 내쉬며 그의 말을 이었다.

"영생의 고서를 유일하게 해독할 수 있는 눈이야."

루더슨은 브리드 앞으로 황급히 달려가기 시작했다. 브리드는 거대한 그가 거침없이 돌진해 오자 뒤로 자빠지며 소리쳤다.

"살려줘!"

루더슨은 브리드 앞에서 무릎을 꿇고 입을 열었다.

"미안해. 내가 너를 몰라봤어."

당황한 브리드는 눈을 격하게 깜빡이며 돼지를 멀뚱

히 보았다. 그때 하디가 루더슨을 일으키면서 말했다.

"어서 일어나. 그럴 수도 있지."

루더슨은 일어나면서도 브리드의 눈을 계속 바라보며 말을 내뱉었다.

"너를 못 알아본 날 용서해 줄 수 있겠니?"

브리드는 고개를 끄덕이며 대답했다.

"당연하지!"

브리드는 천천히 일어나 엉덩이에 묻은 눈을 털어냈고 루더슨은 삼지창을 다시 집어 들고 말했다.

"여기 있으면 감기 걸리니까 어서 들어가자."

루더슨은 기다란 창을 문 옆에 살포시 세워두고 먼저 안으로 들어갔다. 아직 어안이 벙벙한 브리드는 오두막 안으로 들어가면서 하디를 보고 속삭였다.

"저 사람…. 아니 저 돼지는 정체가 뭐야?"

하디가 조용히 대답했다.

"정거장을 지키는 돼지야. 너를 덴젤 마녀가 보낸 모크들 중 하나라고 착각한 것 같아."

브리드가 오두막 안으로 발을 내딛자 마치 용광로에 고철 덩어리를 집어넣은 것처럼 발이 녹아버리는 것 같았다. 조그마한 공간 내부의 벽은 다양하게 생긴 돼지들의 사진으로 뒤덮여 있었다. 천장에는 작고 둥근 전등 하나가 달려 있었다.

루던슨은 그들이 오두막 안으로 들어오자 눈이 가득 담겨 있는 양동이를 바닥에 놓았다. 브리드는 재미없는 공연을 보듯 그를 보고 말했다.

"눈을 왜 담아 온 거야?"

루더슨은 마치 엄청난 걸 보여줄 것 같은 마술사처럼 한쪽 입꼬리를 올렸다. 그는 양동이에 담겨 있는 눈을 두 손으로 가득 퍼내 방 안에 뿌려댔다. 브리드는 갑작스러운 그의 행동에 손으로 얼굴을 가리고 소리쳤다.

"지금 뭐 하는 거야!"

잠시 뒤 루더슨이 뿌린 눈가루가 방 곳곳에 내려앉아 밤하늘의 별처럼 반짝거렸다. 잠시 뒤 다양한 과일이 담긴 바구니와 다양한 초콜릿이 담긴 바구니가 생겨 있었다. 브리드는 정말 엄청난 마술을 본 것처럼 입을 크게 벌린 채 한동안 다물지 못했다.

루더슨은 그의 반응을 예상했는지 흐뭇한 미소를 지었다. 그는 바구니 안에 있는 바나나를 집어 브리드에게 건넸다.

반면 하디는 이리저리 움직이면서 밖을 보고 말했다.
"언제쯤 떠날 수 있는 거야?"
루더슨은 조급해 보이는 그와 달리 느긋하게 대답했다.
"아직 시간이 남았으니 편하게 기다려."
하디는 호르비스 성이 썩어가고 있다는 생각에 소파에 앉아서도 다리를 떨었다. 그는 여유로워 보이는 루더슨을 보고 말했다.
"그래도 언제쯤 떠날 수 있을까?"
루더슨은 나무 막대기처럼 생긴 초코바를 한입 베어 물고 벽에 걸려 있는 둥근 시계를 보며 대답했다.
"십 분 정도 기다리면 떠날 수 있을 거야."
하디는 조급해진 마음을 달래보기 위해 과일 바구니에 손을 뻗어 아무 과일이나 집고 베어 물었다. 그런데 그는 마치 독 사과라도 입에 넣은 것처럼 방금 먹은 과일을 뱉어내고 소리쳤다.
"이게 뭐야!"
루더슨은 그가 들고 있는 과일을 보고 말했다.
"오렌지를 껍질째 먹으면 어떡해!"
브리드는 무뚝뚝한 하디의 일그러진 표정을 슬쩍 보고 입꼬리를 씰룩거렸다. 하디는 아무 일 없었다는 듯 껍질만 파인 오렌지를 옆에 던져두고 사과를 집어 크게 베어 물었다.

 몸이 따듯해진 브리드는 소파에 등을 기대 벽에 붙어 있는 사진들을 구경하다 한 사진에 시선이 멈췄다. 사진 속 돼지는 네모난 안경을 끼고 있었고 입 주변엔 크림파스타를 지저분하게 먹은 것처럼 하얀 수염이 덥수룩했다.

 브리드는 그 사진을 가리키며 말을 꺼냈다.

"루더슨! 저 못생긴 돼지는 누구야?"

 루더슨은 브리드가 가리키고 있는 사진을 보고 어깨를 축 늘어뜨리며 속삭였다.

"돌아가신 우리 아버지야…."

 순간 오두막 내부는 우주 공간에 들어온 것처럼 정적만이 흘렀다. 브리드는 식은땀을 흘리기 시작했고 하디도 사과를 문 상태로 멈춰 있었다. 브리드는 마른침을 삼키고 사진을 보며 소리쳤다.

"자세히 보니까 수염이 정말 근사하신 것 같아! 어떻게 안경도 잘 어울리시지?"

 브리드는 그 말을 내뱉고 루더슨의 눈을 힐끗 보았다. 혹여나 그가 화를 참지 못하고 자신을 내쫓아 버리는 건 아닌지 손깍지를 끼고 기다렸다.

그의 예상과 달리 루더슨은 환하게 웃으며 말했다.

"너도 그렇게 보이는구나? 나도 아버지의 얼굴을 매일 보며 멋있다고 생각했거든!"

브리드는 당황한 표정으로 하디를 슬쩍 보았다. 하디는 루더슨이 원래 그런 성격이라는 듯 고개를 끄덕였다.

그때 오두막 밖에서 화가 섞인 목소리가 들려왔다.

"시간 없으니까 빨리 나와!"

루더슨은 황급히 일어나 문을 열고 소리쳤다.

"너희가 떠나야 할 시간이 왔어!"

하디는 벌떡 일어나 밖으로 나갔다. 브리드는 나른하고 졸음이 몰려와 발걸음이 떨어지지 않았지만 급해 보이는 하디를 보고 어쩔 수 없이 움직였다. 한편으로 그는 밖에 어떤 기차가 기다리고 있을지 기대하며 앞을 보았고 잠시 움직이지 못했다.

오두막 앞에는 기차가 아닌 통통하고 검은 펭귄 나섯 마리가 나란히 서 있었다. 그들 배에는 썰매와 이어진 줄이 묶여 있었고 썰매는 산타클로스가 크리스마스 때마다 사용하는 것과 비슷했다.

그때 가운데에 서 있는 펭귄이 가만히 서 있는 브리

드를 보며 소리쳤다.

"어서 타라고! 썰매가 지연되면 네가 책임질 거야?"

펭귄의 귀여운 얼굴에서 마치 평생 담배를 피워온 할아버지의 목소리가 들려왔다. 하디는 그들의 성격을 알고 있는지 이미 썰매에 앉아 있었다. 브리드도 그들에게 한소리 더 듣기 전에 썰매 위에 올라타 속삭였다.

"설마 이 썰매를 타고 가는 거야?"

하디는 고개를 끄덕이며 조용히 대답했다.

"저 펭귄들의 이름은 왼쪽부터 도레, 미파, 솔라, 시도, 레미야. 자신들이 계획한 시간대로 움직이지 못하면 불같이 화를 내니까 조심해야 할 거야."

브리드는 마치 불같은 선생님에게 꾸중을 듣고 있는 것처럼 입을 꾹 다물었다. 그는 루돌프나 사슴이면 몰라도 조그마한 펭귄들에게 몸을 맡긴다는 것이 아무리 생각해도 불안했다.

루더슨은 오두막에 등을 기댄 채 펭귄들을 보며 외쳤다.

"눈동자 속에 별이 있는 특별한 친구가 왔는데, 오늘만큼은 친절하게 말해도 되지 않아?"

펭귄들 중 가운데에 서 있는 솔라가 크게 대답했다.

"눈동자 속에 별이 있든 달이 있든 시간 약속을 지키지 않으면 부리로 쪼아버릴 거야!"

루더슨은 못 말린다는 듯 고개를 저은 뒤 소리쳤다.

"모두 탔으니 어서 출발하게!"

솔라는 배에 묶여 있는 줄을 한 번 더 꽉 쪼이고 고개를 살짝 돌려 말했다.

"가는 도중에 너희가 떨어져도 구해주지 않을 거야!"

겁에 질린 브리드는 하디에게 기대 속삭였다.

"저 펭귄들을 믿어도 되는 거야…?"

하디는 앞만 보면서 무심히 대답했다.

"펭귄들이 까칠하긴 해도, 우릴 안전하게 데려다줄 거야."

브리드는 한껏 경직된 표정을 지은 채 고개를 끄덕였다. 마치 놀이공원 안에서 가장 악명 높은 놀이기구를 타기 전처럼.

그때 브리드와 하디가 탄 썰매는 전전히 나아가기 시작했다. 다섯 마리의 펭귄들은 뾰족한 부리를 앞으로 쭉 내밀고 오븐 장갑을 낀 듯한 날개를 퍼덕였다.

얼마 지나지 않아, 펭귄들은 서서히 날아올랐고 썰매도 지면에서 떨어졌다. 브리드는 마치 비행기에 처음 타본 사람처럼 입을 벌린 채 눈을 크게 떴다.

 펭귄들은 엄청난 속도로 날개를 퍼덕이면서 날아오르더니 앞에 보이는 거대한 설산을 향해 갔다. 브리드는 앞을 가로막고 있는 설산을 보고 소리쳤다.

"위로 더 올라가야 해! 이러다 부딪치겠어!"

 하지만 펭귄들은 앞에 있는 설산이 보이지 않는 것처럼 속도를 늦추지 않았다. 브리드는 구겨진 종이처럼 몸을 웅크리고 눈을 질끈 감은 상태로 소리쳤다.

"살려줘!"

5
호르비스 성

 브리드는 펭귄들이 설산에 부닥쳐 곧 썰매가 처참하게 부서지리라 생각했다. 그는 손바닥으로 두 눈을 꾹 누른 채 굼벵이처럼 몸을 웅크렸다. 하지만 시간이 지나도 앞쪽에서 무언가에 부딪히는 듯한 소리는 들려오지 않았다.

 브리드는 자신의 예상과 달리 아무 일도 일어나지 않자 손가락 사이로 옆에 앉아 있는 하니를 보며 입을 열었다.

 "분명히…. 앞에 거대한 설산이 있었는데?"

 하디는 생각 없이 텔레비전 채널을 돌리고 있는 사람처럼 덤덤하게 대답했다.

"설산 중앙에 호르비스 성으로 가는 통로가 있어."

브리드는 천천히 고개를 올려 주변을 둘러보았고 어두운 터널 속에 들어온 것을 알았다. 앞에서 썰매를 끌고 있는 다섯 마리의 펭귄들은 마치 높은 하늘에서 날고 있는 비행기처럼 넓적한 날개를 양쪽으로 쭉 뻗은 채 나아가고 있었다. 저 먼 곳에서는 희미한 빛이 보였다.

브리드는 펭귄들의 뒷모습을 물끄러미 보며 소리쳤다.

"우릴 썰매에 태워줘서 고마워!"

펭귄 중 가운데에서 날고 있는 솔라가 귀찮다는 듯 대답했다.

"지금 집중하고 있으니까 말 걸지 마."

브리드는 불어오는 바람보다 더 차가운 대답이 들려오자 입을 삐죽 내밀었다. 하디는 그를 보고 무심히 말을 내뱉었다.

"펭귄들의 성격은 원래 저러니까 네가 이해해."

브리드는 어깨를 들썩이면서 말했다.

"나도 저 펭귄들이 나쁘다고 생각하진 않아. 무서울 뿐이야."

펭귄들은 썰매에 타고 있는 브리드와 하디가 떨어

져도 모를 것처럼 앞만 보며 나아갔다. 그런데도 썰매에 타고 있는 그들은 푹신한 영화관 의자에 앉아 있는 듯 편안했다. 조금 전 멀리서 보였던 빛은 순식간에 가까워졌다.

브리드는 눈이 부셔 눈을 찡그린 채 말했다.

"난 빨리 호르비스 성을 보고 싶어."

그때 펭귄 중 가장 오른쪽에 있는 레미가 고개를 뒤로 살짝 돌려 부리를 벌렸다.

"뭐? 우리보고 더 빨리 가라고 한 거야?"

브리드는 펭귄의 부리에서 무슨 말이 더 튀어나올지 몰라 급히 손사래를 치며 소리쳤다.

"절대 아니야!"

오 분 정도 지나자 그들은 어두운 통로 밖으로 나올 수 있었다. 브리드는 눈 앞에 펼쳐진 풍경을 보자마자 마치 오아시스를 만난 목마른 낙타처럼 눈을 크게 뜬 채 눈을 깜빡이지 않았다.

하디는 자기 집 안방에 들어가듯 무심하게 말했다.

"저기가 마법사들이 사는 호르비스 성이야."

호르비스 성의 모습은 마치 위대한 왕의 왕관을 땅에 박아놓은 것처럼 보였다. 성 대부분은 어디로 뻗어나갈

지 모르는 식물 줄기들로 뒤덮여 있었고 주변을 둘러싼 설산들은 마치 수호신처럼 우뚝하니 서 있었다.

브리드는 무언가에 홀린 사람처럼 멍하게 앞을 보며 말했다.

"대단해……."

펭귄들은 몸을 아래쪽으로 기울이며 점점 땅으로 내려갔다. 잠시 뒤 썰매는 멈췄다. 펭귄 중 가운데에 서 있는 솔라가 뒤뚱거리며 몸을 돌리고 약간 화가 난 듯한 말투로 부리를 벌렸다.

"다 왔으니까 어서 내려. 우린 할 일이 산더미처럼 쌓여 있다고."

그렇지만 브리드는 입을 벌린 채 호르비스 성 이곳저곳을 계속 둘러보고 있었다. 마치 입속에 파리가 들어와 한숨 자고 나와도 모를 것처럼.

그때 다섯 마리의 펭귄들은 한 몸이 된 것처럼 동시에 소리쳤다.

"어서 내리라고!"

그제야 브리드는 엉덩이에 주삿바늘이 들어오기라도 한 듯 재빠르게 썰매에서 내렸다. 하디는 이미 썰매 옆에 서서 그를 기다리고 있었다.

브리드는 하디 옆에 서서 펭귄들을 보고 말했다.

"무사히 데려다줘서 고…."

펭귄 다섯 마리는 브리드와 대화할 시간이 없다는 듯 그의 말이 끝나기도 전에 다시 넓적한 발을 앞으로 내디뎠다. 그들은 점점 높이 날아올랐고 빈 썰매를 이끌며 설산 속 통로 안으로 들어갔다.

브리드는 흔들지 못한 한쪽 팔을 들고 펭귄들이 들어간 통로를 무안하게 바라보았다. 하디는 호르비스 성이 있는 방향으로 발걸음을 내딛기 시작하며 입을 열었다.

"어서 들어가자."

팔을 내린 브리드는 마치 새 학기가 되어 첫 등교를 하는 학생처럼 몸 전체가 미세하게 떨리기 시작했다. 그는 하디 옆에 꼭 달라붙었다.

얼마 지나지 않아 브리드는 호르비스 성 주변에 지나다니는 사람들을 볼 수 있었다. 그는 눈을 빠르게 깜빡이며 말을 내뱉었다.

"저 사람들도 나처럼 특이한 능력이 있어?"

하디가 팔짱을 끼며 대답했다.

"너와 나처럼 강력한 능력을 갖추고 있진 않아. 하

지만 호르비스 성과 네가 살고 있던 바깥세상을 자유롭게 오갈 수 있지."

브리드는 예상치 못한 소식을 들은 것처럼 미간을 찡그린 채 말했다.

"내가 지금까지 살고 있던 곳에도 특이한 능력을 갖춘 사람들이 있었던 거야?"

하디는 머릿속에 외워둔 문장을 내뱉듯 주저 없이 말을 꺼냈다.

"마법사들 대부분은 바깥세상에서 자신의 정체를 들키지 않으려 해. 만약 들키더라도 사람의 기억을 지워서 아무 일 없었던 것처럼 만들어 버리지."

브리드는 평범한 일상 속에 엄청난 비밀이 숨겨져 있었다는 사실에 등골이 오싹해졌다. 이제 그들은 호르비스 성안으로 들어가는 입구 앞에 다가섰고 지나다니는 사람들은 점점 더 많이 보였다. 마치 다가오는 평일을 대비하기 위해 마트에 몰린 사람들처럼.

그때 누군가가 하디를 향해 다가오며 소리쳤다.

"어이, 하디! 어디 있었던 거야?"

하디는 턱 밑까지 목도리를 내리고 말했다.

"마이티, 내가 세일 님의 심부름을 갔다 온다고 저

번에 말해줬잖아."

브리드는 다른 사람들이 자신을 볼 때 지었던 표정과 똑같이 하디 앞에 선 그의 눈동자를 바라보았다. 마이티의 눈동자 속에서 초록빛을 띠는 나뭇잎이 선명하게 보였다.

하디는 귀찮다는 듯 브리드를 슬쩍 보고 말했다.

"옆에는 영생의 고서를 해독할 수 있는 마법사야. 이름은 브리드."

마이티는 하디 옆에 멀뚱히 서 있는 브리드와 눈이 마주치자 마치 길을 걸어가다 우연히 슈퍼스타를 만난 것처럼 순간 두 손을 입에 가져다 댔다. 이후 그는 몇 걸음 뒤로 가더니 주변에 있는 사람들이 깜짝 놀랄 정도로 소리쳤다.

"눈동자 속에 별이 있어!"

걸음을 멈춘 마법사들은 마이티가 가리키고 있는 브리드의 눈으로 시선을 옮겼다. 얼마 지나지 않아 사람들은 마이티와 똑같은 표정을 짓고 마치 자석 주변에 뿌려진 쇳가루처럼 브리드 주변에 몰려들었다.

당황한 브리드는 어디를 봐야 할지 몰라 눈알을 이리저리 굴리며 말했다.

"이게 무슨 일이야…."

하디도 마이티가 갑자기 큰 소리를 내자 당황한 표정으로 그를 보았다.

그때 브리드를 둘러싼 사람 중 동그란 안경을 끼고 양쪽 뺨에 주근깨가 가득 있는 한 소년이 말했다.

"호르비스 성이 썩어가고 있는데, 왜 이제야 온 거야?"

수많은 시선 때문에 어지러워진 브리드는 그를 보며 말했다.

"최대한 빨리 온 거야."

그 순간 사람 중에서 누군가 소리쳤다.

"세일 님이 오신다!"

그러자 브리드를 둘러싸고 있던 사람들의 말소리가 줄어들었고 문이 열리는 것처럼 길을 터주었다. 갈라진 틈 사이로 여름 이불같이 하얗고 얇은 천을 걸친 사람이 뒷짐을 진 채 걸어오고 있었다. 하디는 그를 보자마자 고개를 숙였다.

세일은 두피가 훤히 보일 정도의 짧은 머리에 얼굴은 험난한 사냥을 매번 견뎌온 것처럼 보기만 해도 위압감이 풍겼다. 몸집도 복싱선수처럼 다부져 보였다.

세일은 하디 앞에서 걸음을 멈추고 말했다.

"브리드를 데려오느라 수고했어."

하디는 고개를 살짝 숙이며 대답했다.

"조금만 늦었다면 덴젤 마녀가 보낸 모크에게 잡혀 갈 뻔했습니다."

세일은 고개를 끄덕이고 브리드 쪽으로 고개를 돌려 입을 열었다.

"무사히 와서 다행이군."

브리드는 사냥꾼처럼 생긴 그가 자신을 잡아먹으려는 듯한 눈빛으로 바라보자 괜히 발끝을 보았다. 세일은 다시 몸을 돌려 말을 꺼냈다.

"시간이 촉박하니 어서 들어가자."

브리드와 하디는 마치 교무실에 불려 가는 학생들처럼 천천히 세일의 뒤를 따라갔다. 브리드가 걸어가자 주변에 서 있던 마법사들은 마치 닭장 속에서 모이를 먹으려는 닭들처럼 고개를 이리저리 움직여 그의 눈을 자세히 보고 싶어 했다.

호르비스 성 입구는 동굴처럼 아치형이었고 안쪽에서는 주황빛이 새어 나왔다. 잠시 뒤 브리드는 호르비스 성안으로 들어가 바닥에 깔린 푹신한 양탄자 위에 발을 내디뎠다. 양쪽 벽과 높은 천장에는 마치 장난기

심한 어린아이가 낙서해 놓은 것처럼 알 수 없는 그림들이 덮여 있었다.

브리드는 하디에게 고개를 들이밀고 속삭였다.

"우린 어디 가는 거야?"

하디가 고개를 저으며 조용히 대답했다.

"나도 모르겠어."

브리드는 앞서 걸어가는 세일에게 물어보고 싶었지만, 그의 태평양처럼 넓은 어깨와 당당하고 거침없는 걸음걸이를 보자 말이 입 밖으로 튀어나오지 않았다. 한동안 호르비스 성 내부에는 그들의 발걸음 소리만 들렸다.

잠시 뒤 앞으로만 걸어가던 세일은 왼쪽에 있는 좁은 통로 앞에 걸음을 멈추고 입을 열었다.

"이제 베이브 님을 만날 거야."

브리드는 처음 들어보는 이름에 고개를 갸우뚱했고 하디는 심상치 않게 놀란 표정을 짓고 대답했다.

"그분을 만나 뵐 수 있어서 영광입니다."

브리드는 하디의 두 눈동자가 전보다 더 붉어진 것을 힐끗 보고 베이비인지 베이브인지 하는 그 사람이 궁금해졌다. 세일은 좁은 통로 안으로 들어가 일정한 속도로 나아갔고 곧 지하철이 올 것만 같은 통로 양쪽 벽에는 횃불이 매달려 있었다.

브리드는 하디 옆에 달라붙어 속삭였다.

"베이브가 누구야?"

하디가 앞으로 시선을 고정한 채 조용히 대답했다.

"호르비스 성에서 가장 위대하신 분이야."

얼마 지나지 않아 그들은 코르크 마개로 만들어진 것 같은 나무 문 앞에 도착했다. 약간 긴장한 듯한 세일은 크고 둥근 문고리를 슬며시 쥐었다.

바로 그때 방 안에서 위급해 보이는 할아버지의 소리가 들려왔다.

"아이고 나 죽네!"

문 앞에 서 있던 브리드는 세일을 보며 말했다.

"안에 무슨 일이 일어난 것 같아요! 어서 들어가요!"

세일은 쓴웃음을 지은 채 고개를 저으며 대답했다.

"놀라지 않아도 돼. 베이브 님은 문 앞에 누군가 서 있는 것을 알고 일부러 저러시는 거야."

이후 그는 문에 입을 맞출 것처럼 얼굴을 가까이 대고 입을 열었다.

"눈동자 속에 별이 있는 소년이 왔습니다. 들어가도

될까요?"

방 안에선 기침 소리가 들려왔다.

세일은 그 소리를 듣고 고개를 끄덕이더니 문을 열고 천천히 들어갔다. 브리드와 하디는 그를 조심스럽게 따라갔다.

좁은 방 안은 오래된 병원에서 쓸법한 작은 침대 하나만 달랑 놓여 있었고 머리카락을 셀 수 있을 정도로 숱이 없는 할아버지가 천장을 바라보며 누워 있었다. 세일이 방 안에 들어가자마자 고개를 숙이고 말했다.

"저희…. 들어왔습니다."

눈을 깜빡이던 할아버지는 고개만 천천히 돌려 브리드를 보았다.

브리드는 그의 눈빛을 보고 귓속말하듯 조용히 말을 꺼냈다.

"안녕하세요."

베이브는 천천히 입을 벌려 느릿하게 말했다.

"자네의 어머니는 험난한 마법사 대신 평범하게 살기를 바랐을 텐데……."

브리드는 입을 꾹 다문 채 고개를 끄덕였다. 베이브는 마치 임종을 얼마 남기지 않은 사람처럼 깊은 한숨을 내쉬고 말을 이었다.

"덴젤 마녀가 빼앗아 간 영생의 고서를 되찾아올 수 있겠나?"

브리드는 고개를 숙인 채 대답했다.

"반드시 그럴 거예요."

베이브는 천천히 입을 열었다.

"마음 같으면 내가 직접 가고 싶지만, 내일이면 죽는 목숨이라…."

이후 베이브는 창가 쪽으로 몸을 돌려 하늘을 보았다. 브리드는 어떤 대답을 해야 할지 몰라 쭈뼛거리다 세일을 보고 속삭였다.

"어서 의사를 불러야 하는 거 아니에요?"

세일은 고개를 저으며 조용히 대답했다.

"그럴 필요 없어. 이제 인사드렸으니 나가보자."

세일은 베이브의 가냘픈 뒷모습을 보고 말했다.

"이제 가보도록 하겠습니다. 분명 브리드와 하디가 영생의 고서를 되찾아올 겁니다."

베이브는 힘없이 대답했다.

"부탁하마…."

세일은 문을 열었고 브리드와 하디가 밖으로 나가

자 마지막으로 나와 조심스럽게 문을 닫았다. 마지막까지 베이브에게서 눈을 떼지 못한 브리드는 문이 닫히자마자 속삭였다.

"정말 괜찮으신 거 맞아요?"

세일은 브리드 어깨에 손을 살포시 올리고 말했다.

"걱정하지 않아도 돼. 베이브 님은 지금 오백 살이 넘으셨고 이백 년 전부터 매일 저 말씀을 하시고 있어."

하디는 이미 알고 있는지 고개를 끄덕였고 브리드는 눈알이 튀어나올 것처럼 크게 뜨고 말했다.

"오…. 오백 년이요?"

세일은 당연하다는 듯한 표정을 짓고 말을 이었다.

"베이브 님은 삼백 살 때부터 매년 후대 마법사들에게 전해줄 유서를 쓰고 계셔. 그것도 이백 년이 지났으니 유서를 전부 모은다면 두꺼운 책 몇 권은 만들 수 있을 거야."

브리드는 베이브의 엄청난 비밀을 듣고 입을 살짝 벌린 채 걸었다. 잠시 뒤 통로 밖으로 나온 세일은 브리드와 하디를 번갈아 보며 말했다.

"너희들이 힘들겠지만, 호르비스 성이 썩어가는 속도가 빨라지고 있으니 지금 당장 떠나는 건 어떠니?"

브리드는 괜찮다는 듯 미소를 지은 채 어깨를 들썩이며 대답했다.

"전 괜찮아요!"

세일은 무거운 표정으로 그들을 보며 말했다.

"펭귄 오 형제를 불러줄 테니 엘릭시크에 가서 가스티온이란 사람을 찾으렴. 그가 덴젤 마녀의 성까지 갈 수 있는 길을 알려줄 거야."

그때 말을 끝낸 세일은 갑자기 무언가 생각났는지 잠시 위쪽을 보다 혼잣말하듯 속삭였다.

"너희들과 같이 가면 분명 도움 될만한 친구가 한 명 있는데…."

브리드는 두 손을 맞잡으며 말했다.

"친구요? 좋아요!"

세일은 근심 가득한 표정을 짓고 어디론가 걸어가기 시작했다. 그는 그들이 서 있던 곳에서 얼마 떨어지지 않은 방의 문을 열고 들어갔다. 방 안은 딜이 뜨지 않은 밤처럼 어두웠다.

세일은 호랑이 굴에 혼자 들어온 사람처럼 조심스럽게 이름을 불렀다.

"카이츠."

브리드는 방 한쪽 구석에서 두 눈동자가 푸르게 빛나고 있는 아이를 보았다. 하디는 몸을 웅크린 채 앉아 있는 그를 보자마자 고개를 저었다. 브리드는 방구석에 몸을 구기듯 앉아 불안해 보이는 그의 얼굴과 몸집을 보고 나이가 같다는 것을 단번에 알아챘다.

카이츠는 마치 고귀한 유물을 구경하듯 브리드의 두 눈동자를 유심히 보았다. 그는 유령이 말하는 것처럼 속삭였다.

"무슨 일이에요."

세일은 심술 난 아이를 타이르듯 천천히 말했다.

"너도 영생의 고서를 되찾아 오기 위해 떠나는 건 어떠니?"

카이츠는 눈을 가리고 숨을 격하게 내쉬며 소리쳤다.

"절대 안 가요! 그곳에 가면 어떤 위대한 마법사라도 돌아오지 못할 거라고요!"

울먹이기 시작한 카이츠는 갑자기 일어나 세일의 몸을 문 바깥으로 밀어냈다. 하디는 그를 보고 놀리는 것처럼 말했다.

"나도 너 같은 겁쟁이랑 가기 싫거든?"

카이츠는 하디를 죽일 듯이 노려보며 소리쳤다.

"너 방금 뭐라고 했어!"

세일은 하디의 팔을 붙잡고 서둘러 방을 빠져나왔고 브리드도 그들을 따랐다. 카이츠가 문을 닫자 세일은 깊은 한숨과 함께 이마를 문질러 가며 말했다.

"카이츠의 숨겨진 능력은 엄청난데, 겁이 너무 많아."

하디는 팔짱을 낀 채 입을 열었다.

"저희 둘이 다녀오겠습니다."

세일은 고개를 저으며 대답했다.

"카이츠가 있으면 너희에게도 분명 도움이 될 거야. 어쩔 수 없이 조금만 기다렸다가 밤에 떠나는 것이 좋겠어."

브리드는 머리를 긁적이며 말했다.

"근데 그 아이는 저희와 가고 싶지 않은 것 같던데요?"

세일은 희미한 웃음을 짓고 대답했다.

"좋은 방법이 있으니, 밤이 올 때까지 기다려 보자."

이후 그들은 끼니도 해결하고 호브비스 성을 감싼 식물이 검게 썩어가는 것도 보았다.

잠시 뒤 세일은 달이 높게 떠오른 것을 보고 브리드와 하디를 보며 한숨 쉬듯 속삭였다.

"이제 떠나야 할 시간이 왔어…."

호브비스 성

그들은 호르비스 성 밖으로 나갔다. 이미 펭귄 다섯 마리는 썰매와 함께 기다리고 있었다. 펭귄들은 브리드와 하디에게 빨리 오라는 듯한 눈빛을 쏘아댔다.

브리드는 썰매 위에 올라타 세일을 보고 말했다.

"카이츠도 같이 간다고 하지 않으셨어요?"

세일은 고개를 끄덕이며 대답했다.

"이제 곧 올 거야."

그때 성안에서 네 명의 마법사가 침대를 어깨에 올린 채 달려오고 있었다. 그들은 썰매 옆에 침대를 조심스럽게 내려놓고 깊은 잠에 빠져 있는 카이츠를 썰매에 앉혔다. 카이츠는 마치 죽은 사람처럼 깨어날 기미가 보이지 않았다.

브리드는 걱정스러운 눈빛으로 카이츠를 보았다. 세일은 비장한 눈빛으로 펭귄들을 보며 소리쳤다.

"엘릭시크로 출발해 주게나!"

펭귄 오 형제는 날개를 양쪽으로 뻗은 채 널찍한 발을 앞으로 내디뎠다. 얼마 뒤 썰매는 지면에서 떨어져 높이 날아올랐다.

6
예상치 못한 불시착

펭귄 오 형제는 날개를 퍼덕였고 뿌연 구름을 뚫으며 점점 더 높이 올라갔다. 카이츠는 브리드 어깨에 머리를 기대 입을 벌렸다 오므리기를 반복하며 곤히 자고 있었다. 브리드는 카이츠를 슬쩍 내려다보며 입을 열었다.

"카이츠한테 물어보지도 않고 그냥 데려와서 미안하네…."

브리드 옆에 앉아 있던 하디가 무심하게 말했다.

"난 세일 님이 왜 이 녀석하고 같이 가라고 했는지 모르겠어."

브리드는 카이츠의 감겨 있는 눈을 보며 대답했다.

"그래도 세일 님이 이렇게까지 하신 이유가 분명 있을 거야."

하디는 고개를 저으며 썰매에 기대 밑을 바라보았다. 이제 앞으로 나아가고 있는 그들은 호르비스 성이 손톱보다 작아 보일 정도로 멀리 날아왔다는 것을 알 수 있었다. 브리드는 먼 곳을 보고 있는 하디를 보며 말을 꺼냈다.

"넌 덴젤 마녀를 실제로 본 적 있어?"

하디는 고개를 저으며 조용히 대답했다.

"아니, 본 적 없어. 나도 엘릭시크엔 처음 가보는 거야."

브리드는 깊은 한숨을 내쉬고 말을 이었다.

"우린 영생의 고서를 찾아서 무사히 돌아갈 수 있겠지?"

하디는 브리드가 자신을 보고 있는 것을 알고도 그의 얼굴을 보지 않고 무심하게 대답했다.

"그건 일단 가봐야 아는 거지."

그때 브리드 어깨에 머리를 기대며 자고 있던 카이츠가 몸을 움찔거리기 시작했다. 브리드는 흐느적거리는 그를 보며 말했다.

"카이츠가 일어나면 꽤 놀랄 것 같은데?"

하디는 카이츠가 일어나든 말든 아무 관심 없다는

표정으로 입을 열었다.

"저 겁쟁이가 깨면 보나 마나 다시 호르비스 성으로 돌아가고 싶다고 말하겠지."

하지만 카이츠가 잠시 움직인 것은 잠꼬대였는지 눈을 뜨진 않았다. 그때 카이츠는 하디 어깨로 머리를 옮겨 기댔다. 하디는 자신의 어깨에 갑자기 머리를 기댄 카이츠를 다시 브리드 쪽으로 힘껏 밀면서 말했다.

"내가 너 침대냐?"

브리드는 곤히 자는 카이츠의 모습을 유심히 지켜보더니 신기한 듯 얕은 미소를 지으며 말을 내뱉었다.

"이런 상황에서도 깨지 않네…."

그때 앞에서 날고 있던 펭귄 중 가운데에 있는 솔라는 고개만 슬쩍 돌려 소리쳤다.

"썰매에 타고 있는 녀석들아! 조용히 좀 해줄래?"

브리드가 어깨를 한껏 움츠리며 대답했다.

"알겠어…. 조용히 할게."

호르비스 성을 빠져나온 지 삼십 분 정도가 지났는데도 그들이 타고 있는 썰매 주변에는 하얀 구름만 보여 어디에 온 건지 전혀 알 수 없었다. 브리드는 썰매의 속도가 너무 빠른 바람에 앞머리가 전부 뽑혀 나가는 듯한 느낌이 들었다. 하디는 눈 밑까지 목도리를 올려 차가운 바람을 막았다.

그때 브리드 어깨에 기대 자고 있던 카이츠가 다시 잠꼬대하기 시작했는지 입맛을 다시며 말했다.

"누가 내 이불을 계속 뺏어가는 거야."

카이츠는 옆에 앉아 있는 하디의 목도리를 두 손으로 잡고 몸쪽으로 확 끌어당기면서 말을 이었다.

"어서 내 이불을 돌려놓으란 말이야…."

하디는 그와 줄다리기를 하는 것처럼 목도리를 잡아당기면서 말했다.

"이거 안 놓아?"

카이츠는 계속 혼잣말을 해댔다.

"조금만 더 잘게요…."

꿈속에서 카이츠는 자신의 이불을 누군가 계속 뺏어가자 슬며시 눈을 떴다. 그는 다시 눈을 감으려 했는데 양옆에 하디와 브리드가 앉아 있는 것을 보고 잠시 그들을 번갈아 보더니 쥐고 있던 목도리를 놓았다. 카이츠는 마치 밝은 조명을 눈앞에 가져다 놓은 것처럼 눈을 찡그린 채 입을 열었다.

"왜 너희들이 왜 내 안방에 있는 거야?"

하디가 한심하다는 듯이 고개를 저은 후 팔짱을 끼고 말했다.

"정신 차리고 여기가 어디인지 보기나 해."

카이츠는 눈을 비비며 천천히 대답했다.

"어디긴 어디야…. 여긴 내 안방…."

잠시 뒤 카이츠는 말을 끝내지 못하고 순간 얼어붙은 것처럼 움직이지 않았다. 이후 그는 고개를 이리저리 저으며 소리쳤다.

"내 방이 아니잖아!"

카이츠는 자고 있던 곳이 썰매 위라는 것을 이제 알았다. 그는 다급하게 썰매 밑을 바라보았고 뿌연 구름이 깔린 것을 보면서 떨리는 목소리로 말했다.

"내가 왜 여기 있는 거야?"

하디는 금방이라도 울 것 같은 카이츠의 표정을 보고도 아무런 말을 하지 않았다. 브리드는 지금 이 상황을 어떻게 설명해 줘야 그가 마음을 신정시킬지 고민했다. 일단 브리드는 카이츠의 팔을 살포시 잡으며 조심스럽게 말을 꺼냈다.

"그게…."

카이츠는 결국 차오르는 눈물을 터트렸고 하디는

그를 못마땅하게 노려보며 말했다.

"네가 울어도 소용없어. 이미 우린 호르비스 성에서 멀어졌거든."

썰매에서 시끄러운 소리가 들려오자 앞에서 날아가고 있는 펭귄 중 가운데에 있는 솔라가 눈 사이 주름을 구긴 채 그들을 보면서 소리쳤다.

"뭐라고? 호르비스 성으로 다시 돌아간다고?"

브리드가 몹시 화난 듯한 펭귄의 목소리를 듣고 격하게 손사래를 치며 외쳤다.

"아니에요!"

솔라가 짜증이 잔뜩 섞인 말투로 부리를 벌렸다.

"그런 말을 한 번만 더 했다간 여기에 버리고 갈 테니 그렇게 알아두라고!"

카이츠는 마치 어린아이가 떼를 쓰는 것처럼 발버둥 치며 소리쳤다.

"내가 왜 여기에 있는 거야! 나는 너희와 같이 가고 싶지 않다고 분명히 말했잖아!"

그때 펭귄 중 가장 오른쪽에서 날고 있는 레미가 카이츠를 보며 크게 말했다.

"가만히 좀 있으라고! 썰매가 흔들려서 중심 잡기

힘들다고!"

 카이츠는 지금 자신에게 일어난 일을 용납할 수 없는지 난동을 부리며 울부짖었다.

 "어서 나를 호르비스 성으로 되돌려 놓으라고!"

 하디는 카이츠가 난동을 멈추지 않자 단호하게 말했다.

 "어린애처럼 행동하지 마. 여기서 너를 달래줄 사람은 없어."

 브리드는 카이츠를 최대한 진정시키기 위해 그의 손을 잡고 입을 열었다.

 "카이츠, 어떻게 된 상황인지 엘릭시크까지 가서 전부 말해줄 테니 조금만 진정해 줘."

 카이츠는 브리드의 말에도 흥분을 가라앉히지 못하고 가슴을 툭툭 치면서 외쳤다.

 "도대체 누가 나를 여기에 옮겨둔 거야! 절대 가만두지 않을 거야!"

 브리드는 카이츠가 썰매 밖으로 뛰어내리려고 하자 그의 몸을 부둥켜안으며 말했다.

 "세일 님께서 같이 가라고 하셨어."

 카이츠는 자신의 머리카락을 모조리 뽑아버릴 것처럼 꽉 쥐고 소리쳤다.

예상치 못한 불시착

"이제 우리는 죽은 목숨이라고! 덴젤 마녀는 우릴 살려 보내지 않을 거야."

브리드는 그의 몸을 꽉 붙잡은 채 외쳤다.

"지금 이러면 안 돼! 하디 어떻게 좀 해봐!"

하디는 자신과 상관없는 일인 것처럼 팔짱을 낀 채 카이츠를 힐끗 보며 말했다.

"상관없어. 혼자 어딘지도 모르는 곳에 떨어져 봐야 정신 차리겠지."

그때 앞에서 썰매를 끄는 솔라가 얼굴을 심하게 찡그리면서 부리를 벌렸다.

"썰매에서 움직이지 마! 중심 잡기 힘들다고!"

카이츠는 마치 한번 울기 시작한 갓난아기처럼 흥분을 가라앉히지 못하고 소리쳤다.

"차라리 여기에서 내려가는 게 더 좋은 방법이야! 덴젤 마녀한테 가는 대신 이곳에서라도 방향을 돌려 호르비스 성으로 가야 한다고!"

카이츠는 썰매에서 격한 발버둥을 멈추지 않았다. 그의 행동은 마치 바닷속에서 갓 잡아 올려 펄떡이는 활어처럼 힘을 주체할 수 없었다. 결국, 카이츠의 난동 때문에 썰매는 마치 거대한 향유고래에게 부딪친

어선처럼 이리저리 흔들렸다.

결국, 펭귄 중 가장 오른쪽에 있는 레미가 날갯짓을 하지 못해 중심을 잃었다. 이후 다섯 마리의 펭귄은 차례대로 중심을 잃고 말았다. 썰매는 구름 밑으로 들어가더니 빠른 속도로 떨어졌다. 브리드는 썰매를 꽉 붙잡으면서 말했다.

"안 돼!!"

펭귄들도 날개가 보이지 않을 정도로 날개를 다시 퍼덕이면서 중심을 잡아보려 했지만 결국 실패해 펭귄 오 형제가 이끌던 썰매는 엘릭시크로 가는 도중 어딘지도 모르는 곳에 떨어지고 말았다.

펭귄들은 땅에 떨어지자마자 돌덩이처럼 대굴대굴 굴렀고 브리드가 타고 있던 썰매는 마치 불을 지필 때 사용되는 장작처럼 산산조각이 나버렸다. 다행히 그들이 떨어진 곳에는 길게 자란 잔디가 풍성하게 자라 있어 다치진 않았다.

하지만 그들이 타고 있던 썰매가 형체를 알아볼 수도 없이 부서지자 펭귄들은 둥글게 모여서 서로 대화를 주고받더니 브리드가 있는 곳으로 다가와 말했다.

"지금 일어난 상황은 너희 잘못이니 여기서부턴 알

아서 가. 우린 할 일이 산더미처럼 쌓여서 다시 돌아가야 하거든."

펭귄 다섯 마리는 무심하게 뒤를 돌았고 지금까지 오던 방향으로 걸어가면서 날갯짓을 하기 시작했다. 브리드는 점점 멀어지는 펭귄의 뒷모습을 보며 소리쳤다.

"잠깐만!"

매정한 펭귄은 뒤를 돌아보지 않았다.

결국, 브리드와 두 친구는 엘릭시크로 가는 도중 어딘지도 모르는 곳에 놓였다. 브리드 주변은 모든 것이 갈색으로 뒤덮여 있는 숲속이었다. 마치 누군가 진한 초콜릿을 온통 칠해놓은 것처럼 보였다.

브리드는 허리에 손을 올리고 주변을 둘러보며 얕은 한숨을 내쉬었다. 그때 하디는 땅을 강하게 내려치고 카이츠 앞으로 달려가 그의 멱살을 쥐어 잡고 소리쳤다.

"가만히 있으라고 했잖아!"

하디의 붉은 두 눈동자에서 금방이라도 불꽃이 튀길 것 같았다. 카이츠도 하디의 눈을 노려보며 말을 내뱉었다.

"난 너희와 떠나기 싫다고 분명 말했거든?"

브리드는 그들 사이로 비집고 들어가 말했다.

"진정해, 펭귄들이 날아가고 있던 방향으로 걸어가면 엘릭시크 마을은 금방 나올 거야."

하디는 눈도 깜빡이지 않고 카이츠를 보며 말했다.

"계속 불평할 거면 혼자 돌아가든지."

카이츠도 눈을 부릅뜬 채 고개를 끄덕이며 대답했다.

"그래! 난 알아서 돌아갈 거니까 너희 둘이 가보든지!"

카이츠는 몸을 휙 돌렸다. 하지만 그곳에는 하늘을 찌를 것처럼 높은 절벽이 가로막고 있었다. 하디는 카이츠가 뒤로 갈 수 없다는 것을 보고 비꼬듯이 말했다.

"혼자 돌아간다며? 왜 안 가?"

카이츠는 두 주먹을 쥐고 다시 몸을 돌렸다. 그는 하디의 머리를 한 대 쥐어박으려는 것처럼 성큼성큼 다가갔다. 브리드는 둘이 다시 싸울 것처럼 보이자 카이츠의 몸을 부둥켜안고 말했다.

"그만 싸워! 이젠 우리끼리 힘을 합쳐야 해!"

하디는 고개를 가로저으며 펭귄들이 가고 있던 방향으로 걸어가기 시작했다. 카이츠는 하디의 뒷모습을 보며 말했다.

"내가 이번 한 번만 봐주는 거야."

브리드는 카이츠의 손목을 잡고 앞으로 이끌면서

소리쳤다.

"하디! 같이 가자!"

카이츠는 입을 삐죽 내밀고 툴툴거리며 말했다.

"여긴 주변이 칙칙한 갈색으로 뒤덮여 있어서 별로야."

브리드도 주변을 둘러보며 말을 꺼냈다.

"그래도 엘릭시크까지 얼마 남지 않았으니까 조금만 더 걸어가면 여길 빠져나갈 수 있을 거야."

카이츠는 갑자기 맴도는 불안함에 양옆을 곁눈질로 보며 말했다.

"갑자기 덴젤 마녀가 나타나서 우릴 잡아가면 어떡하지?"

브리드는 카이츠 어깨에 손을 살포시 올리며 대답했다.

"그럼 하디가 뜨거운 불덩이를 던져서 우릴 지켜줄 거야."

카이츠는 앞서 걸어가는 하디의 흩날리는 목도리를 노려보면서 입을 열었다.

"저 녀석은 자기밖에 모른단 말이야."

브리드는 그 말을 하디가 듣고 또 둘이 싸우는 건 아닌지 걱정했지만, 하디는 뒤도 돌아보지 않았다.

그때 누군가가 나무 뒤에 숨어 그들을 지켜보면서

속삭였다.

"드디어 나타났어…. 계속 그 길로 가라고!"

나무 뒤에서 고개만 슬쩍 빼내 서 있는 형체는 브리드와 두 마법사의 뒤를 조용히 쫓아갔다. 삼십 분이 지나도 엘릭시크가 보이지 않자 브리드는 한숨을 내쉬고 입을 열었다.

"오래 걸은 것 같은데 아직 끝이 보이지 않아."

하디는 카이츠를 노려보며 말했다.

"누구 때문에 여기서 평생 못 빠져나갈 수도 있어."

카이츠는 살짝 고개를 숙여 자신 없는 눈빛으로 그를 보고 말을 내뱉었다.

"이제 곧 보일 수도 있거든?"

그들은 앞으로 무슨 일이 생길지 모르는 상태로 하염없이 나아갔다. 브리드는 얼마나 더 가야 엘릭시크 마을이 보일지 몰라 점점 불안해졌다.

그때 세 명의 마법사들을 조용히 쫓아오던 형체가 나무 뒤에 숨어 속삭였다.

"조금만 더 앞으로 가라고!"

조그마한 형체는 손에 밧줄 하나를 쥐고 있었다. 그는 숨을 죽이며 세 명의 마법사들이 걸어가는 것을 보다가 기다렸다는 듯이 잡아당기며 소리쳤다.

"지금이다!"

브리드와 두 친구가 걷고 있던 땅이 갑자기 푹 꺼지면서 그들은 깊은 구덩이 속으로 떨어졌다.

하디는 다시 벽을 타고 올라가 보려 했지만, 흙모래만 얼굴에 떨어질 뿐 구덩이 밖으로 나갈 수 없었다. 카이츠는 구덩이 속에서 머리채를 쥐어 잡고 울먹이며 소리쳤다.

"우린 덴젤 마녀의 함정에 빠진 거야. 이제 우린 죽은 목숨이라고!"

심장박동이 빨라진 브리드는 고개를 올려 말했다.

"정말 덴젤 마녀가 미리 만들어 둔 함정이야?"

카이츠는 격하게 고개를 끄덕이며 소리쳤다.

"그렇다니까!"

그때 구덩이 위에 검은 그림자가 드리웠고 몰래 뒤따라오던 형체가 구덩이 속에 있는 그들을 보며 말했다.

"드디어 걸려들었군!"

세 명의 마법사들은 구덩이 위에서 모습을 드러낸 형체를 바라보았다. 그 형체의 몸은 수북한 갈색 털로 뒤덮여 있었고 눈 주위만 하얀 너구리였다. 너구리는 탐험가가 쓸만한 챙이 넓은 모자를 쓰고 있었고 모자 한쪽에는 마치 작은 돛단배의 깃발처럼 생긴 깃털이 꽂혀 있었다.

하디는 불덩이를 던져버리기 위해 손뼉을 마주쳐 양손에 불꽃을 만들었다. 이후 그는 구덩이 속을 보고 있는 너구리의 얼굴에 던지기 위해 팔을 뒤로 쭉 빼냈다. 그때 브리드는 그의 어깨를 붙잡고 말했다.

"잠깐만, 저 너구리같이 생긴 녀석은 덴젤 마녀가 보낸 모크가 아닌 것 같은데?"

하디는 브리드를 보고 말했다.

"그걸 네가 어떻게 알아? 저 녀석을 태워버리게 어서 놔!"

브리드는 손을 놓지 않고 위를 올려다보며 소리쳤다.

"넌 덴젤 마녀가 보낸 모크야?"

구덩이 속을 보고 있던 너구리는 코를 킁킁거리며 말을 내뱉었다.

"그게 뭔데!"

털이 수북한 너구리의 표정을 보고 브리드가 다급하게 말했다.

"봐! 저 너구리는 덴젤 마녀가 보낸 모크가 아니야."

하디는 두 손을 맞대 불을 끄고 입을 열었다.

"거기 너! 정체가 뭐야!"

너구리는 헛웃음을 치고 말했다.

"내가 물어보고 싶은 거다! 너희들은 내 친구들을 사냥하려는 뱀들이지!"

브리드는 그 말을 듣고 미간을 찡그리며 대답했다.

"우리가 뱀이라고? 딱 봐도 아니잖아!"

너구리는 당황한 표정을 지으며 말했다.

"배…. 뱀이 아니라고?"

브리드는 두 팔을 양쪽으로 벌려 억울하다는 듯 말을 꺼냈다.

"너는 뱀이 어떻게 생긴지 몰라? 뱀은 팔이 없고 지렁이처럼 기다랗잖아."

너구리는 하늘을 잠시 올려다보고 모자 한쪽을 긁적거리며 말했다.

"뱀을 한 번도 본 적 없긴 한데…."

브리드는 눈을 깜빡이고 있는 너구리를 보며 말을 이었다.

"어쨌든 우린 뱀이 아니니까 어서 구덩이 밖으로 꺼내줘. 서둘러 가야 할 곳이 있단 말이야."

너구리는 등에 메고 있던 뚱뚱한 가방을 바닥에 내려놓고 그 안을 뒤적거리더니 밧줄을 엮어 만든 사다리를 구덩이 속으로 던졌다. 브리드와 두 친구는 차례대로 사다리를 타고 밖으로 나왔다.

먼저 올라온 브리드는 너구리의 몸집이 자신의 절반 정도라는 것을 알 수 있었다. 카이츠는 아직 너구리가 모크라고 생각하는지 브리드 뒤에서 고개만 빼내 의심스러운 눈빛으로 그를 쳐다보았다. 너구리는 기다란 사다리를 둘둘 말아 가방 속에 넣으며 말했다.

"그러니까 너희는 정말 뱀이 아니라는 거지?"

브리드는 답답한지 한숨을 푹 내쉬고 두 팔을 넓게 벌리며 대답했다.

"정말 아니니까 믿어줘. 근데 여기 주변에 뱀이 있는 거야?"

너구리는 잠시 땅을 바라보더니 고개를 끄덕이며 입을 열었다.

"이미 내 친구 중 몇 명은 여기를 지나가다 몰려다니는 뱀들한테 물려서 죽었어. 그래서 내가 직접 그 녀석들을 땅속 깊이 묻어버리기 위해 며칠 동안 구덩이를 파고 기다렸던 거야."

너구리는 브리드 옆에 있는 나무의 기둥 한 곳을 가리켰다. 그곳에는 마치 사과 한 쪽을 베어 문 것처럼 기둥 한쪽이 깊게 팬 자국이 보였다. 브리드는 그 자국을 보기만 했는데도 뱀의 송곳니가 얼마나 섬뜩한지 가늠할 수 있었다.

반면, 카이츠는 아직도 너구리가 의심스러운지 브리드 귀에 얼굴을 가져다 대며 속삭였다.

"저 속셈에 넘어가면 안 돼. 모크들은 때때로 간사한 전략을 사용한다고 들었어."

브리드는 고개를 저으며 답했다.

"우릴 속이려 하는 눈빛이 아니야."

너구리는 다시 고개를 들었지만 미안한 마음에 브리드와 두 친구의 눈을 쳐다보지 못하고 한껏 주눅 든 모습으로 말했다.

"내가 뱀이 어떻게 생겼는지 알아 왔어야 했는데…."

브리드는 너구리가 서 있는 곳으로 다가가 그의 한쪽 어깨를 툭툭 두드리며 입을 열었다.

"그럴 수도 있지. 이제 뱀의 생김새를 알았으면 된 거야!"

잠시 뒤 너구리는 터질듯한 가방을 앞으로 메더니 그 속을 뒤져가며 말했다.

"사과의 의미로 너희에게 선물을 줄게."

너구리는 가방 속에서 네모난 무언가를 꺼냈다. 그것은 발바닥 크기의 하얀 종이로 감싸져 있었다. 브리드는 두 손을 뻗어 받았다. 카이츠는 너구리가 건넨 것이 분명 위험한 물건이라고 생각해 브리드 뒤로 숨었다. 너구리는 브리드를 보고 말했다.

"그건 내가 직접 만든 초코 브라우니야. 뱀 녀석들이 나타날 때까지 기다리면서 먹으려고 했는데 너희한테 줄게. 조금 식긴 했지만, 맛은 끝내줄 거야."

브리드는 마치 황금 덩어리를 발견한 것처럼 영롱하게 초코 브라우니를 보며 안주머니에 집어넣고 입을 열었다.

"선물까지 주다니 고마워. 이제 우린 가봐야 할 곳이 있어서 떠나보도록 할게."

그때 너구리는 몸을 돌리려는 브리드의 팔을 잡고 잠시 양쪽을 곁눈질로 보더니 한쪽 손을 입에 가져다 대고 속삭였다.

"너희들도 조용히 가는 게 좋을 거야. 운이 안 좋으

면 뱀 떼를 마주칠 수 있거든."

브리드는 여유로운 미소를 짓고 대답했다.

"우린 걱정하지 않아도 돼."

브리드는 고개를 끄덕이며 뒤를 돌았고 앞으로 한 발짝 내디뎠다. 카이츠는 뱀을 마주칠 수도 있다는 말을 듣고 당장 이곳에서 빠져나가고 싶은지 브리드의 옷자락을 잡아당겼다.

그때 하디가 고개를 살짝 숙인 상태로 미간을 찡그린 채 말했다.

"잠깐."

너구리도 점점 가까워지는 불길한 낌새를 느꼈는지 모자를 벗고 귀를 쫑긋 세운 채 입을 열었다.

"뱀이야…."

그때 그들 눈앞에 빨간 점들이 하나둘씩 생겨나기 시작했고 쉭쉭거리는 소리까지 들려왔다. 카이츠는 떨리는 목소리로 속삭였다.

"우린 곧 죽게 될 거야…."

브리드는 뒷걸음질 치며 너구리를 보고 말했다.

"어떻게 해야 해?"

너구리는 조용히 답했다.

"너무 많아. 일단 도망가는 게 좋을 것 같아."

하지만 그들 뒤에도 혀를 날름거리고 있는 뱀들이 보였고 주변 나뭇가지에도 마치 기다란 양말을 널어놓은 것처럼 매달려 있었다. 하디는 사방을 둘러싼 뱀들을 둘러보며 말했다.

"전부 태워버리면 돼."

하디는 손뼉을 마주쳤고 양손에 불꽃이 생겨났다. 그들을 완전히 포위한 뱀들은 붉게 타오르는 화염을 보고 흥분했는지 다가오는 속도가 더 빨라졌다. 하디는 불덩이를 던지기 위해 팔을 뒤로 쭉 빼냈다.

그때 너구리가 소리쳤다.

"불을 던지면 안 돼!"

하디는 불덩이를 던지려다 황급히 멈추고 입을 열었다.

"그럼 뱀들한테 물려서 죽겠다는 거야?"

너구리는 울먹이면서 말했다.

"그럼 나와 내 친구들의 집이 타버릴 거란 말이야."

사방에서 점점 조여오던 뱀들은 마치 어부가 넓은 그물을 바다에 내던진 것처럼 동시에 달려들었다. 하디는 이러지도 저러지도 못하는 상황에 입술을 질끈 깨물며 속삭였다.

"젠장…."

하디가 잠시 주저하는 사이에 나무 위에서 달려든 뱀이 그의 양쪽 팔을 감싸 아무것도 할 수 없게 했다. 브리드는 뒤로 넘어져 버렸고 너구리는 몸을 한껏 웅크렸다.

그때 카이츠가 눈을 지그시 감고 두 손을 맞댔다. 이후 그는 한쪽 무릎을 꿇고 앉아 두 손바닥을 땅에 가져다 대고 소리쳤다.

"난 이대로 죽고 싶지 않아!"

카이츠 손바닥에서부터 투명하고 단단한 얼음이 퍼져나가기 시작해 다가오던 뱀들을 한순간에 얼려버렸다.

7
가스티온을 만나다

 잠시 정적의 시간이 흐르고 브리드는 얼어붙어 땅에 널브러져 있는 뱀들을 보고 입을 열었다.
 "이게…. 무슨 일이야?"
 너구리는 갑자기 주변이 조용해지자 고개를 들었다. 카이츠의 두 손은 하얀 서리로 감싸져 있었고 그의 주변에서 다가오던 뱀들이 모두 단단하게 얼어버린 것을 보고 희미한 미소를 지으며 말했다.
 "별것도 아니었어."
 카이츠는 천천히 일어나 손을 툭툭 털면서 말을 내뱉었다.
 "뱀 녀석들을 감싼 얼음은 몇백 년이 지나도 녹지

않을 거니까 안심해도 될 거야. 얼른 이 뱀들을 구덩이 속에 넣어서 묻어버리자."

브리드와 너구리는 마치 땔감용 나뭇조각을 모으는 것처럼 주위에 널브러진 뱀들을 주웠다. 브리드는 구덩이 속에 한가득 모은 뱀들을 집어 던지고 하디를 보며 말했다.

"세일 님께서 카이츠와 같이 떠나라고 하신 이유가 있었어! 너도 방금 그 엄청난 상황을 봤지?"

하디는 팔짱을 낀 채 앞에 있는 얼어 있는 뱀의 머리를 발로 툭툭 건드리며 입을 열었다.

"나 혼자라도 뱀 녀석들 정도는 쉽게 태워버릴 수 있었거든?"

그때 너구리가 하디 앞으로 가서 조심스럽게 말했다.

"저기…. 나무 기둥 한쪽을 감싼 얼음들을 좀 녹여 줄 수 있을까?"

하디는 너구리가 가리키는 곳을 보았고 정말 나무 기둥 한쪽이 마치 썩어 문드러진 귤처럼 새하얗게 변해 있었다. 하디는 한숨을 내쉬고 대답했다.

"고작 저런 것 때문에 내 불을 사용하라고?"

브리드가 하디 앞으로 다가와 말했다.

"하디, 어서 해줘. 너구리가 우리한테 선물도 줬잖아."

하디는 눈을 지그시 감고 잠시 서 있다가 마지못해 손뼉을 가볍게 마주쳤다. 그의 두 손에는 금방 불이 타올랐다. 그는 얼어붙은 나무 기둥을 향해 손가락을 뻗어 눈이 녹을 만큼의 작은 불씨를 내보냈다.

얼마 지나지 않아 그들이 서 있는 갈색 나무숲은 원래의 모습으로 돌아와 있었다. 너구리는 두 손을 입에 가져다 대고 말했다.

"잔인한 뱀 떼를 한 번에 없애주다니…. 정말 고마워."

브리드는 하디와 카이츠의 어깨에 손을 올리며 대답했다.

"내 친구들이 도움이 됐다니 다행이야. 이젠 정말 떠나보도록 할게."

너구리는 몸집만 한 가방을 둘러메고 입을 열었다.

"만약 다음에 또 만난다면 우리 집으로 초대할게."

브리드와 친구들은 엘릭시크를 향해 걸어가기 시작했고 너구리는 그들의 모습이 사라질 때까지 짧은 두 팔을 이리저리 흔들다 집으로 돌아갔다.

길을 따라 걸어간 지 이십 분 정도가 흘러도 갈색 숲길이 끝나지 않자 브리드가 말했다.

"여기에서 시간을 많이 지체한 것 같아. 좀 더 빠르게 가는 건 어때?"

카이츠는 몸에 있는 영혼이 전부 빠져나간 것처럼 힘없이 걸으며 대답했다.

"난 너무 피곤해서 더는 못 걷겠어. 잠을 자고 싶다고."

사실 카이츠 뿐만 아니라 브리드와 하디도 체력이 바닥나 있는 상태였다. 하지만 그들은 이제 곧 엘릭시크가 보일 것 같은 느낌에 참으면서 걷고 있었다. 브리드는 카이츠를 보며 조심스럽게 말했다.

"조금만 더 걸어가면 엘릭시크가 보이지 않을까?"

카이츠는 오리처럼 입을 삐죽 내밀며 답했다.

"언제 도착할지도 모르잖아."

그때 하디가 카이츠를 보고 말을 내뱉었다.

"여기서 시간을 지체하다간 덴젤 마녀가 보낸 모크를 만날 수 있어."

그러자 카이츠는 겁에 질려 눈을 부릅뜨고 말했다.

"그건 절대 안 돼."

하디는 얕은 미소를 지었고 브리드는 카이츠의 어깨를 주물렀다.

다행히 브리드와 하디의 느낌대로 그들이 오 분 정

도 힘겹게 나아가자 갈색 숲길의 끝이 보였다. 브리드는 마치 금빛이 새어 나오는 보물 상자를 발견한 것처럼 반갑게 한쪽 팔로 앞을 가리키며 말했다.

"저길 봐! 끝이 보여!"

브리드는 나무 사이로 보이는 건물들을 가리켰다. 카이츠는 마치 감옥에서 풀려난 죄수처럼 두 팔을 하늘 위로 번쩍 올리고 소리쳤다.

"드디어 잠을 잘 수 있다니."

무뚝뚝한 하디도 기분이 좋아졌는지 양쪽 입꼬리가 미세하게 올라갔다. 세 명의 마법사들은 지겨웠던 숲길이 끝나자 체력이 바닥난 것도 잊었는지 무언가에 홀린 사람처럼 걸어갔다.

점점 선명하게 보이는 건물을 보니 모든 건물이 모래를 뭉쳐 만든 것처럼 보였고 벽 곳곳은 부스러진 쿠키처럼 파여 있었다. 브리드는 엘릭시크로 다가가며 말했다.

"엘릭시크의 건물들은 오래전에 만들어졌나 봐."

카이츠는 엘릭시크에 들어서자 이곳저곳을 둘러보며 구경했다. 하디는 아무 관심 없다는 듯이 앞만 보며 나아갔다. 브리드는 엘릭시크에 들어서며 모든 건

물에 창문이 없다는 것을 보았다. 그 모습은 마치 개미굴을 단면으로 잘라놓은 것처럼 보였다.

잠시 뒤 그들은 엘릭시크에 사는 사람들도 볼 수 있었다. 엘릭시크 사람들은 고개를 약간 숙인 채 걸어 다녔고 세 명의 마법사들을 보고도 아무 관심이 없어 보였다. 브리드는 자신의 눈을 보고도 신기해하지 않는 그 사람들이 이상하게 느껴졌지만 대수롭지 않게 생각하고 말했다.

"베이브 님이 가스티온을 찾으라고 말씀하셨잖아."

하디는 팔짱을 끼고 한숨 쉬듯 입을 열었다.

"이렇게 많은 사람들 중에서 어떻게 찾으라는 거야."

그때 카이츠가 두 손을 입에 가져다 대고 둥글게 모아 소리쳤다.

"가스티온 님! 어디 계신가요!"

지나가던 엘릭시크 사람들은 깜짝 놀란 표정으로 카이츠를 쳐다보았다. 브리드는 황급히 그의 입을 틀어막으며 말했다.

"카이츠! 갑자기 소리치면 민폐야!"

카이츠는 브리드의 손을 떼고 말을 내뱉었다.

"이렇게 넓은 곳에서 찾으려면 어쩔 수 없잖아…."

브리드는 얕은 한숨을 내쉬고 대답했다.

"일단 더 안쪽으로 들어가 보자."

그들은 좁은 골목으로 들어섰다. 브리드는 엘릭시크 사람들의 눈 밑이 마치 일주일 동안 잠을 못 잔 사람처럼 거뭇한 것을 보고 왠지 모를 으스스함을 느꼈다. 카이츠는 지나가는 사람들을 힐끗힐끗 보고 조용히 말했다.

"여기 사람들 이상해. 날 괴물 보는 것처럼 이상하게 쳐다본다니까?"

하디가 헛웃음을 치고 입을 열었다.

"네 얼굴을 보면 당연히 그럴 수 있지."

카이츠는 그를 노려보며 말을 내뱉었다.

"너 정말 한 대 맞을래?"

브리드는 카이츠와 하디를 양쪽으로 밀어내며 말했다.

"그만하고 저길 봐. 사람들이 모여 있어."

잠시 뒤 그들이 골목을 빠져나오자 축구장 크기의 거대한 광장이 펼쳐졌고 많은 사람이 모여 있었다. 엘릭시크 사람들의 시선은 높은 단상 위에 서 있는 한 사람에게 집중된 상태였다. 단상 위에 서 있는 피부가 거뭇한 사람은 수염이 얼굴을 잡아먹을 것처럼 덮여 있었고 은갈치처럼 반짝이는 회색 정장을 입고 있었다. 이후 털북숭이는 마이크를 툭툭 쳐대며 무언가를 말할 것처럼 보였다.

브리드는 단상 위에 서 있는 사람을 가리키며 말을 꺼냈다.

"설마 저 사람이 가스티온?"

카이츠도 고개를 끄덕이며 대답했다.

"나도 그렇게 생각해."

그들은 사람들 사이를 비집고 들어갔다. 엘릭시크 사람들은 한 손에 물이 가득 찬 종이컵을 들고 있었다.

잠시 뒤 단상 위에 선 털북숭이가 마이크를 입에 가져다 대고 말했다.

"여러분들! 요즘 아무 걱정도 없고 행복하시죠!"

광장에 모여 있던 엘릭시크 사람들은 그의 말이 끝나자마자 들고 있던 물을 한꺼번에 들이마시고 컵을 높이 들어 올린 채 환호성을 내질렀다.

단상 위에 서 있는 털북숭이는 여유 있는 미소와 함께 고개를 끄덕이고 소리쳤다.

"저는 항상 엘릭시크를 위해 이 한 몸 불 싸지르겠습니다!"

광장에 모여 있던 엘릭시크 사람들은 땅이 흔들릴 정도로 소리를 내질렀다. 그 모습은 마치 응원하는 야구팀이 끝내기 홈런을 때려버린 것처럼 압도적이었다.

브리드는 조금 전까지 조용했던 엘릭시크가 단상 위에 서 있는 털북숭이가 내뱉은 몇 마디에 떠나갈 것처럼 시끄러워지자 양쪽 귀를 틀어막고 몸을 웅크렸다.

하디는 팔짱을 낀 채 의심스러운 눈빛으로 털북숭이를 노려보았고 카이츠는 엘릭시크 사람들과 같이 환호성을 내지르고 소리쳤다.

"분명 저 사람이 가스티온일 거야!"

브리드는 그저 시끄러운 소리가 끝나길 바라며 고개를 끄덕였다. 이후 이십 분 동안 단상 위에 서 있는 털북숭이의 연설과 엘릭시크 사람들의 환호성이 반복되었다. 시간이 지나 털북숭이의 입에서 반가운 소리가 들려왔다.

"오늘은 아쉽지만 이쯤에서 물러나 보도록 하겠습니다. 불안감을 없애줄 수 있는 신비의 샘물을 더 원하신다면 단상 앞에 놓여 있는 포대에 후원을 부탁드립니다!"

엘릭시크 사람들은 무언가에 홀린 것처럼 동전을

꺼내 단상 앞으로 다가갔다. 산타의 선물 주머니같이 생긴 포대는 십 분도 채 되지 않아 동전으로 가득 채워졌다. 털북숭이는 점점 쌓여가는 동전을 힐끗 보고 희미한 미소를 지으며 단상에서 내려갔다.

브리드는 털북숭이가 단상에서 내려가자 그가 사라지기 전에 서둘러 달려갔다. 하디와 카이츠도 브리드의 뒤를 따랐다. 털북숭이는 침팬지같이 거대한 경호원들에게 둘러싸인 채 자리를 떠나려고 했다. 브리드는 그의 뒷모습을 보며 소리쳤다.

"저기요! 잠시만요!"

브리드가 계속 소리치자 근육 때문에 옷이 찢겨나갈 것 같은 경호원이 다가와 멀리 떨어지라는 듯한 손짓을 해댔다. 그런데도 브리드는 분명 털북숭이가 가스티온이라 생각했기에 전보다 더 크게 외쳤다.

"정말 하나만 물어볼게요!"

그때 경호원들에게 둘러싸여 있던 털북숭이는 고개를 돌렸고 브리드의 두 눈을 보자마자 걸음을 멈췄다. 그는 당황한 듯한 표정을 짓고 입을 열었다.

"잠깐."

털북숭이는 몸을 돌려 브리드가 서 있는 곳으로 천

천히 다가갔다. 그는 한껏 경직된 표정으로 브리드의 얼굴을 유심히 보며 말했다.

"무슨 일이니…?"

브리드는 별빛이 반짝이는 눈을 깜빡이며 대답했다.

"궁금한 게 있는데 물어봐도 되나요?"

그때 브리드 뒤에서 하디와 카이츠도 모습을 드러냈다. 털북숭이는 그들의 눈을 보고 마치 소변이 마려운 사람처럼 눈을 크게 뜬 채 안절부절못했다. 이후 그는 뒤에 서 있는 경호원들을 슬쩍 보며 말을 내뱉었다.

"이 친구들하고 잠시 대화를 하고 싶으니 자리를 비켜주게나."

바윗덩어리 같은 경호원들은 고개를 끄덕이고 떠났다. 털북숭이는 뒷짐 진 채 브리드를 보고 따라오라는 듯한 눈빛을 보냈다. 세 마법사는 한참 동안 그를 따라갔다.

잠시 뒤 그들이 거대한 모래성처럼 생긴 건물 앞에 도착하자 털북숭이가 걸음을 멈추고 말했다.

"나한테 궁금한 게 있다고 했지? 말해보렴."

그때 카이츠가 눈을 깜빡이며 말을 꺼냈다.

"당신이 가스티온인가요?"

가스티온을 만나다

털북숭이는 순간 당황한 듯 마른침을 삼키고 대답했다.

"다…. 당연하지! 내가 가스티온인데 무슨 일이니?"

브리드는 두 손을 맞댄 채 미소를 지으며 말했다.

"호르비스 성에서 베이브 님이 당신을 찾아가면 덴젤 마녀의 성까지 가는 길을 알려주신다고 하셨어요!"

가스티온은 두 주먹을 꽉 쥐었다. 그는 최대한 평정심을 유지하며 대답했다.

"잘 찾아왔군. 난 그 길을 알고 있지."

카이츠는 두 손을 번쩍 들고 말했다.

"역시 내 예감이 맞았어! 난 정말 대단하다니까?"

어금니를 깨물고 있는 가스티온이 애써 웃으며 말을 내뱉었다.

"지금 너희들의 모습을 보아하니 고된 일을 겪고 온 것 같은데 여기서 잠시 쉬었다가 가는 건 어떠니?"

카이츠는 기다렸다는 듯이 두 손을 마주 잡고 답했다.

"좋아요!"

그때 하디가 팔짱을 낀 채 입을 열었다.

"우린 시간이 없어요. 호르비스 성에 있는 마법사들은 저희가 영생의 고서를 가지고 돌아오는 것만 기다리고 있다고요."

가스티온은 붉게 타오르는 듯한 하디의 눈동자를 보고 타이르듯 말을 내뱉었다.

"너무 급하게 나아가면 오히려 더 늦어질 수 있다네. 오늘 하루는 여기서 쉬는 게 좋을 거야."

하디는 가스티온의 눈을 피했다. 털북숭이가 당황하자 브리드가 멋쩍은 웃음을 지으며 말했다.

"그럼 덴젤 마녀의 성까지 가는 길은 내일 알려주시는 건가요?"

가스티온은 뒷짐을 진 채 고개를 끄덕이며 대답했다.

"그렇지. 나도 너희들의 조급한 마음을 잘 알고 있어. 오늘은 편안하게 쉬다 내일 아침 일찍 떠나렴."

카이츠는 그를 찬양하는 눈빛으로 바라보며 입을 열었다.

"소문으로만 들었는데 정말 대단하신 분 같아요."

가스티온은 여유로운 미소를 지으며 대답했다.

"그렇게 생각해 줘서 고맙군."

가스티온은 모래성 같은 건물 안으로 걸어가기 시작했다. 그곳은 집이라기보다 정말 동화 속에서 본 거대한 성 같았다. 그런데도 엘릭시크의 다른 건물들처럼 곳곳에 구멍이 뚫려 있었다.

하디는 의심스러운 눈빛으로 성 곳곳을 보았고 카이츠는 아직도 두 손을 마주 잡은 채 가스티온을 따라가며 말했다.

"드디어 잠을 잘 수 있다니…."

그때 브리드는 모래성 앞에 있는 누군가를 보고 걸음을 멈췄다. 브리드가 보고 있는 사람은 휴지로 만든 것 같은 얇은 반바지 하나만 입은 채 옷이 홀딱 벗겨진 상태였고 갈비뼈가 훤히 보일 정도로 말라 보였다. 그 사람은 두 손이 두꺼운 포승줄로 묶인 채 경호원에게 이끌려 가고 있었다. 브리드는 앞서 걸어가는 가스티온을 보고 입을 열었다.

"저 사람은 왜 묶여 있는 거예요?"

가스티온은 성안으로 들어가려다 브리드가 가리키고 있는 사람을 보았다. 이후 그는 미간을 찡그린 채 입술을 깨물었고 브리드를 향해 어서 들어가자는 듯한 손짓을 하며 대답했다.

"신경 쓰지 않아도 되니 어서 들어오렴."

브리드가 천천히 걷자 조급해진 가스티온은 그의 등을 살포시 밀었다. 그때 브리드와 끌려가고 있던 사람과 서로 눈을 마주쳤다. 카이츠는 걱정스러운 눈빛으로 홀딱 벗겨진 사람을 보며 말을 꺼냈다.

"저 사람은 무슨 죄를 저질러서 잡혀가는 거예요?"

가스티온은 한숨을 크게 내쉬고 대답했다.

"입에 담기도 힘들 정도로 악덕한 죄를 지었으니 눈을 피하고 어서 들어가렴."

그때 브리드의 눈을 본 죄수는 마치 잃어버린 자식을 찾기라도 한 것처럼 걸음을 멈추고 눈을 크게 떴다. 두 손이 묶여 있는 사람은 브리드를 보며 소리쳤다.

"저…. 저기!"

경호원들은 홀딱 벗겨진 그가 갑자기 걸음을 멈추자 줄을 당기면서 말했다.

"꾸물대지 말고 따라와!"

식은땀을 흘리기 시작한 가스티온은 전보다 더 강하게 브리드의 등을 자신의 집 안으로 밀었다. 브리드는 뭔가 말하고 싶어 하는 듯한 죄수에게서 시선을 뗄 수 없었고 그는 가스티온의 집 안으로 들어서지마자 물었다.

"저 사람은 몸에 힘이 하나도 없어 보이는데 도대체 어떤 죄를 지은 거예요?"

가스티온은 떨리는 입꼬리를 애써 올린 채 말을 꺼냈다.

가스티온을 만나다

"이제 사악한 죄수 이야기는 그만하는 게 어떠니?"

브리드는 가스티온의 얼굴이 하얗게 질린 것을 보고 대답했다.

"불편하셨다면 죄송해요."

가스티온은 어색한 미소를 유지한 채 말했다.

"사과까지 할 필요는 없어."

그때 가스티온은 슬쩍 고개를 돌려 죄수를 힐끗 보았다. 끌려가고 있는 사람은 경멸하는 눈빛으로 그를 노려보고 있었다. 가스티온은 세 마법사가 집 안으로 들어와 멀뚱히 서 있자 수염을 만지작거리며 입을 열었다.

"너희들 뭐 좀 먹어야 하지 않니?"

이번에도 카이츠가 기다렸다는 듯이 활기차게 대답했다.

"안 그래도 배가 너무 고파서 죽을 것 같았어요."

가스티온의 집 안은 마치 고급스러운 결혼식장처럼 넓고 깨끗했다. 천장에는 신부의 드레스처럼 아름다운 샹들리에가 위태롭게 매달려 있었고 벽과 바닥은 깨끗한 대리석으로 뒤덮여 있었다.

여유를 되찾은 가스티온은 가벼운 뒷짐을 지고 말

을 꺼냈다.

"먼저 식당으로 가자."

브리드와 두 친구는 가스티온의 뒤를 따라갔고 잠시 뒤 향긋한 빵 냄새가 온몸을 휘감아 황홀한 느낌을 받았다. 세 마법사는 향기가 풍겨 나오는 방 안으로 들어갔다. 그곳도 사방이 깨끗했다. 거대한 방 중심에는 빨간 식탁보가 깔린 타원형 식탁이 놓여 있었다.

그들은 식탁에 차례대로 앉았다. 잠시 뒤 다양한 빵들이 식탁 위에 놓였다. 바삭한 바게트도 있었고 새하얀 크림이 튀어나온 크림빵도 보였다. 그들의 목이 막히지 않게 투명한 유리병에 담긴 우유도 놓였다.

카이츠는 영롱한 눈빛으로 가스티온을 바라보며 말했다.

"당신은 생명의 은인이에요."

가스티온은 덥수룩한 수염을 쓸어내리면서 대답했다.

"부족하면 더 줄 테니 말하렴."

이후 세 마법사는 한 시간 동안 아무 대화 없이 입안에 빵을 욱여넣었다. 잠시 뒤 가스티온은 그들이 음식에 관심이 없어진 것을 보고 다가와 입을 열었다.

"모두 배불리 먹은 것 같으니 침대방으로 안내해 줄

게. 따라오렴."

브리드는 불룩 나온 배를 잡은 채 걸었고 카이츠는 반쯤 감긴 눈으로 그를 따라갔다. 하디는 과하게 먹지 않았기에 주머니에 손을 푹 집어넣고 터벅터벅 그를 따라갔다.

가스티온은 열 걸음도 가지 않아 걸음을 멈췄고 앞에 있는 방 안으로 팔을 뻗었다. 이곳도 역시 먼지 한 올 보이지 않을 정도로 깨끗했고 넓은 침대가 일렬로 네 개가 놓여 있었다. 브리드는 창문이 없었기에 시원한 바람이 솔솔 불어오는 것을 느꼈다. 하늘은 이미 해가 떨어져 어둑해진 상태였다.

브리드는 구름처럼 푹 들어가는 침대 위에 앉아 말했다.

"저희에게 이렇게까지 해주셔서 감사해요."

가스티온은 별거 아니라는 듯 고개를 저으며 대답했다.

"내일 덴젤 마녀의 성으로 가는 길을 알려줄 테니 푹 자두렴."

가스티온은 미소를 유지하며 방을 나갔다.

세 명의 마법사들은 몸이 고단했는지 아무 대화도

하지 않고 침대에 누웠다. 그들은 십 분도 채 지나지 않아 깊은 잠에 빠지고 말았다.

잠시 뒤 귀뚜라미의 울음소리가 불규칙적으로 들려오는 침대방에 누군가가 조심스럽게 들어왔다. 그는 브리드 옆에 쪼그려 앉아 속삭였다.

"어서 일어나세요!"

브리드는 귀 주변에 벌레가 날아다니는 줄 알고 잠결에 손을 휘저었다. 브리드 옆에 쪼그려 앉아 있는 사람은 그의 손에 뺨을 맞고 쓰러졌지만, 다시 일어나 그의 몸을 흔들었다. 브리드는 계속 몸이 흔들리자 눈을 떠 옆에 앉아 있는 사람을 보았고 점점 선명해지는 시야로 그의 얼굴을 보고 눈을 부릅떴다.

브리드를 깨운 사람은 낮에 보았던 죄수였다. 브리드는 깜짝 놀란 표정으로 그를 보며 말했다.

"당신은!"

해골같이 마른 그는 집게손가락을 입에 가져다 대고 속삭였다.

"제가 진짜 가스티온입니다. 일단 여기서 빠져나가야 해요."

가스티온을 만나다

그때 옆 침대에 누워 있던 하디가 조용히 말했다.

"그럴 줄 알았어요."

자신이 진짜 가스티온이라 하며 나타난 사람은 주변을 황급히 둘러보고 속삭였다.

"어서 도망가야 해요. 지금까지 여러분들과 함께 있었던 사람은 덴젤 마녀의 부하 중 한 명인 프리다스예요."

브리드는 그의 애절한 눈빛을 보며 대답했다.

"정…. 정말이에요?"

계속 주변을 두리번거리고 있는 사람은 고개를 끄덕이며 말했다.

"프리다스는 덴젤 마녀의 자리를 꿰차려다 들켜서 쫓겨난 사람이에요. 그는 엘릭시크에서 자신의 세력을 키웠고 이제 여러분들을 이용해 덴젤 마녀와 협상하려 할 겁니다."

브리드는 조급해 보이는 그의 얼굴을 보며 입을 열었다.

"어서 나가요!"

진짜 가스티온은 한숨을 내쉬고 말을 꺼냈다.

"제가 덴젤 마녀의 성까지 가는 길을 알고 있으니 조용히 따라오세요."

브리드는 집게손가락을 입에 댄 채 카이츠를 깨웠다. 눈을 비비며 일어난 카이츠도 심상치 않은 상황이라는 것을 알아채고 고개만 끄덕였다. 가스티온은 세 마법사를 보고 따라오라는 듯한 손짓을 했다. 이후 그는 허리를 숙인 채 조용히 움직였고 브리드와 두 친구도 천천히 그의 뒤를 따랐다.

그때 방 안으로 손바닥만 한 물병 하나가 굴러 들어왔다. 물병은 풍차처럼 돌아가기 시작하더니 뚜껑 사이로 뿌연 연기가 피어올라 순식간에 방 안을 가득 채웠다. 가스티온은 두 주먹을 꽉 쥐고 속삭였다.

"젠장…. 들켰어."

매캐한 연기를 마셔버린 세 명의 마법사와 가스티온은 순식간에 의식을 잃고 쓰러졌다. 지금까지 자신이 가스티온이라 했던 프리다스는 방독면을 쓰고 방 안으로 들어왔다. 그는 브리드 앞에서 한쪽 무릎을 꿇고 앉아 입을 열었다.

"이제 덴젤 여왕님을 만나 협상 좀 해볼까?"

그는 뒤에 서 있는 경호원 두 명을 보고 단호하게 말했다.

"이 녀석들 모두 미로 감옥에 처넣어!"

가스티온을 만나다

8
미로 감옥

  브리드는 슬며시 눈을 떴다. 그는 지금 누워 있는 곳이 침대 위가 아니라는 것을 알고 새벽에 어떤 일이 있었는지 기억났다. 브리드는 이마를 어루만지며 천천히 일어나 하디와 카이츠도 깨우기 시작했다.

"얘들아, 어서 일어나 봐."

  하디는 악몽이라도 꾼 것처럼 벌떡 일어났다. 그는 프리다스의 계략에 넘어간 것이 화가 나 목도리를 강하게 쥐었다. 카이츠는 눈을 반쯤 뜨고 기지개를 켜며 말했다.

"가스티온 님 덕분에 잘 잤습니다!"

  하지만 그가 두 팔을 높이 들었을 때 주변 상황이

어제 잠을 잤던 거대한 방이 아닌 것을 보고 순간 멈췄다. 그는 옆에서 고개를 숙인 채 침울한 표정을 짓고 있는 브리드와 하디를 번갈아 보며 입을 열었다.

"여…. 여기가 어디야?"

브리드가 이마를 쓸어내리고 대답했다.

"나도 모르겠어. 지금까지 가스티온이라고 불렸던 털북숭이는 우릴 이용하려던 덴젤 마녀의 부하였어."

카이츠는 마치 아이스크림을 크게 한입 먹은 것처럼 머리가 띵한 표정을 짓고 말을 꺼냈다.

"정말이야?"

브리드는 손바닥으로 얼굴을 감싼 채 말했다.

"정말이야. 진짜 가스티온 님은 우리가 죄수라고 생각했던 그 사람이었어. 근데 그분도 우리와 같이 끌려온 것 같은데 왜 안 보이지?"

지금 그들은 얇은 판자벽이 양옆에 있는 골목길 어딘가에 놓인 상태였다. 뒤쪽은 막혀 있었고 앞쪽에는 좁은 길이 있었다. 하늘은 검은 구름으로 뒤덮여 있어 낮인지 밤인지 알 수 없었고 어디가 동쪽인지도 가늠할 수 없었다.

그때 어디선가 사람의 소리가 들려왔다.

"저 여기 있어요!"

브리드는 단번에 가스티온의 목소리라는 걸 알아채고 두리번거리며 말을 내뱉었다.

"아무도 안 보이는데 어디 계신 거예요?"

"땅을 보세요!"

브리드는 고개를 숙여 땅을 보았고 울퉁불퉁한 감자처럼 생긴 돌멩이 하나만 놓여 있을 뿐 아무도 없었다. 브리드는 멀뚱히 서서 말했다.

"아무도 없는데요?"

땅에서 가스티온의 목소리가 들려왔다.

"여러분들 밑에 있는 돌덩이가 저예요!"

카이츠는 쪼그려 앉아 집게손가락으로 못생긴 돌덩이를 가리키며 입을 열었다.

"혹시 이거 말하는 거예요?"

돌덩이는 들썩거렸고 그곳에서 정말 가스티온의 목소리가 들려왔다.

"맞아요!"

브리드는 믿을 수 없는지 직접 돌덩이를 손바닥 위에 올려놓은 채 유심히 보며 말을 꺼냈다.

"이…. 이게 가스티온 님이라고요?"

"저 맞습니다! 프리다스는 마법을 써서 제가 아무것도 하지 못하게 만들어 버린 것 같아요."

브리드는 손바닥 위에 있는 못생긴 돌이 미세하게 떨리고 있다는 것만은 느낄 수 있었다. 하디는 팔짱을 낀 채 돌덩이를 노려보며 조용히 입을 열었다.

"가스티온 님이 맞아."

브리드는 주변을 둘러보고 말했다.

"여기가 어딘지 알고 계세요?"

브리드 손바닥 위에 있는 가스티온이 대답했다.

"보아하니, 저희는 미로 감옥에 갇혀버린 것 같습니다."

브리드는 고개를 갸우뚱거리며 말했다.

"미로 감옥이요? 위험한 장소인가요?"

가스티온은 잠시 생각하는 듯 십 초 정도 후에 대답했다.

"빠져나갈 수 없는 미로에 빠진 거예요. 이곳은 덴젤 마녀가 마음에 들지 않는 모크들을 가두는 곳입니다. 물론 그녀의 부하였던 프리다스도 권한이 있죠."

카이츠는 두 손으로 머리를 쥐어 잡고 울먹이며 말을 꺼냈다.

"평생 여기 갇혀 있다가 죽어야 하는 건가요?"

가스티온도 자신 없는 듯한 말투로 대답했다.

"죄송하지만…. 저도 미로 감옥에서 빠져나가는 길을 모릅니다. 또한, 이곳에서 덴젤 마녀가 가둔 끔찍한 모크들도 마주칠 수 있습니다."

겁에 질린 카이츠는 바닥에 엎드려 서럽게 눈물을 떨어뜨렸고 하디는 그를 내려다보며 입을 열었다.

"겁쟁이처럼 행동하지 말라고."

브리드는 가스티온을 보며 말했다.

"그렇지만 저희는 영생의 고서를 되찾아 호르비스 성에 돌아가야 한단 말이에요."

가스티온은 이번에도 깊이 생각하는지 삼십 초 정도가 흐른 뒤 말을 내뱉었다.

"방법이 전혀 없는 건 아닙니다."

브리드는 돌덩이가 코끝에 닿을 정도로 가까이 가져다 대고 말했다.

"어서 말해주세요!"

가스티온은 담담하게 대답했다.

"운이 좋아야 합니다."

브리드는 눈을 격하게 깜빡이며 말했다.

"운이 좋아야 한다고요?"

가스티온은 그에게 확실한 방법을 말해주지 못해 미안함을 느꼈다. 브리드는 앞에 트인 좁은 길목을 보고 말을 내뱉었다.

"일단 앞으로 가볼까요?"

가스티온이 한숨 쉬듯 대답했다.

"지금은 그 방법뿐이네요."

하디가 목도리를 눈 밑까지 올리고 입을 열었다.

"어서 움직이자. 호르비스 성에선 우리가 돌아오는 것만 기다리고 있어."

하디는 아직도 엎드려 있는 카이츠를 내려다보며 무심하게 말했다.

"너 혼자 계속 그러고 있든가."

카이츠는 꽉 쥔 주먹으로 땅을 내리치고 외쳤다.

"어차피 우린 여기에 갇혀 있는 모크를 만나서 아마 죽게 될 거야!"

브리드는 앞으로 무엇이 나타날지 모르는 길을 보며 말했다.

"하디 말대로 우릴 기다리고 있는 사람들을 위해 움직이자! 운이 좋다면 미로 감옥에서 빠져나갈 수 있는 길을 금방 발견할 수도 있잖아!"

브리드는 카이츠의 몸을 천천히 일으켜 주었고 가스티온은 속삭였다.

"역시 눈동자 속에 별이 있는 소년은 뭔가 달라."

브리드는 하디의 뒤를 빠른 걸음으로 쫓아갔고 카이츠는 자리에 서서 브리드를 보고 말했다.

"정말 끔찍한 모크들을 만나러 가겠다는 거야?"

카이츠는 발걸음을 쉽게 내딛지 못하다가 혼자 남겨지는 것이 더 무서웠기에 앞으로 달려 나가면서 소리쳤다.

"같이 가!"

브리드도 모크들과 마주칠 수 있다는 생각에 몸이 계속 떨렸다. 하늘은 검은 구름으로 뒤덮여 있어 지금 나아가고 있는 방향이 맞는지도 몰라 불안함을 느꼈다. 그런데도 브리드는 주먹을 꽉 쥐고 말을 꺼냈다.

"반드시 영생의 고서를 되찾고 호르비스 성으로 돌아갈 거야."

이후 세 마법사는 한동안 주변을 경계하며 좁은 길을 걸어 나갔다. 카이츠는 갑자기 모크가 튀어나올 수 있다고 생각하는지 어깨를 한껏 움츠렸다.

한 시간쯤 지나자 그들 앞에 두 갈림길이 나타나 걸

음을 멈췄다. 브리드는 왼쪽과 오른쪽 길을 번갈아 보다가 손에 쥐고 있던 가스티온을 보며 입을 열었다.

"어느 방향으로 가는 게 좋을까요?"

가스티온은 한숨을 내쉬고 대답했다.

"저도 잘 모르겠습니다만…."

카이츠가 오른쪽 길을 가리키면서 확신에 찬 목소리로 외쳤다.

"내가 오른손잡이니까 오른쪽 길로 가자!"

그때 하디가 고개를 저으며 말했다.

"오른쪽 길에서 싸한 느낌이 들어. 왼쪽 길로 가야 해."

카이츠는 어이없다는 듯이 하디를 보며 말을 내뱉었다.

"내가 먼저 말했으니까 내 말 들어야지!"

하디는 팔짱을 낀 채 헛웃음을 치고 대답했다.

"쓸데없는 짓 하지 말고 따라오기나 해."

카이츠는 눈을 부릅뜨고 말했다.

"그럼 너는 왼쪽 길에 있는 모크를 만나서 평생 여기서 살아. 난 오른쪽 길로 가서 여길 빠져나갈 거니까."

하디는 가소롭다는 듯이 얕은 미소를 지으며 대답했다.

"그러든지."

이후 하디와 카이츠는 정말 다른 길로 들어섰다. 브리드는 양쪽 입꼬리를 내린 채 그들의 모습을 바라보다 입을 열었다.

"우리끼리 똘똘 뭉쳐도 위험한 상황인데 서로 싸우면 어떡해!"

카이츠는 브리드 앞으로 다가와 뾰로통한 표정을 짓고 말했다.

"너 설마 저 녀석이랑 같이 갈 건 아니지?"

브리드는 얕은 한숨을 내쉬고 대답했다.

"그게 문제가 아니야. 둘 중 한 명이 먼저 양보해야 할 것 같아."

하지만 하디와 카이츠는 서로 양보할 마음이 없는지 등을 돌린 채 서 있었다. 그때 가스티온이 말했다.

"저를 땅에 굴려서 멈춘 방향으로 가보는 건 어떨까요?"

브리드는 고개를 끄덕이며 대답했다.

"그렇게 하면 공평할 것 같아요."

하디는 이미 팔짱을 낀 채 돌덩이를 바라보고 있고 카이츠도 슬며시 고개를 끄덕였다. 브리드는 들고 있던 가스티온을 앞으로 툭 굴렸다. 돌덩이는 마치 술에 취한 아저씨가 길을 걸어가는 것처럼 어디에서 멈줄지 전혀 알 수 없었다. 잠시 뒤 돌덩이는 오른쪽 길 앞에 멈췄고 카이츠는 두 팔을 번쩍 올리며 소리쳤다.

"오른쪽이야!"

브리드는 못마땅해하는 하디의 어깨를 감싸주며 입을 열었다.

"한 번만 양보해 줄 수 있지?"

하디는 귀찮다는 듯 고개를 살짝 끄덕였고 카이츠는 신난 아이처럼 이미 오른쪽 길을 따라 걸어가고 있었다.

십 분 정도 오른쪽 길을 따라 나아가자 앞서 걸어가던 카이츠가 앞쪽을 가리키며 외쳤다.

"저길 봐! 분명 나갈 수 있는 문이 있을 거야!"

브리드는 재빠르게 카이츠 옆으로 가서 앞에 펼쳐진 풍경을 보았다. 그곳은 사막처럼 고운 모래가 깔린 넓은 평지였고 커다란 바위가 듬성듬성 놓여 있었다. 그 모습은 마치 태평양 한가운데에서 수많은 고래의 등이 수면 위로 올라와 있는 것처럼 보였다. 브리드는 처음 보는 음식을 입안에 넣은 것처럼 오묘한 표정을 짓고 입을 열었다.

"정말 여기에 밖으로 나갈 수 있는 길이 있을까?"

카이츠는 어떤 이유에서인지 모르겠지만 확신에 찬 눈빛으로 그를 보며 말했다.

"어서 가보자!"

잠시 뒤 그들은 거대한 바위가 곳곳에 놓인 곳을 지나 깊이 들어갔다. 하지만 아무리 둘러보아도 미로 감옥 밖으로 나갈 수 있는 길은 보이지 않았다. 그때 한 곳에서 거대한 발걸음 소리가 들려왔다.

"쿵! 쿵!"

브리드가 서 있는 곳의 땅이 미세하게 흔들리기 시작했다. 세 마법사는 소리가 들려오는 곳을 보고 순간 움직일 수 없었다. 그들을 향해 다가오는 형체는 브리드의 몸집보다 두 배 더 컸고 몸 전체에 고대 상형문자처럼 알 수 없는 문양들이 가득 새겨져 있었다. 브리드는 뒷걸음질 치며 말했다.

"여기서 도망가야 할 것 같은데…?"

카이츠도 자신만만했던 모습이 완전히 사라졌고 얼굴에는 핏기가 사라진 상태였다. 가까이 다가오는 거인은 느릿하게 입을 열었다.

"여긴 무슨 일로 온 거니?"

거인의 목소리는 마치 동굴 속에서 말하는 것처럼

사방에 울려 퍼졌다. 하디는 얼굴이 창백해진 카이츠의 몸을 툭 치고 말했다.

"네가 분명 나가는 길이 있다고 했잖아. 저 거인하고 말 좀 해봐."

카이츠는 고개를 들어 올린 채 입만 뻥긋거릴 뿐 아무것도 하지 못했다. 그들 앞에 멈춰 선 거인은 께름칙한 미소를 지으며 말을 내뱉었다.

"혹시 나랑 같이 운동하려고 온 거니?"

거인과 눈을 마주친 브리드는 눈을 부릅뜬 채 고개를 가로저었다. 그는 하디와 카이츠를 한 번씩 보고 속삭였다.

"되돌아가야 해."

그때 거인은 브리드 앞에 박혀 있는 바위를 한 손으로 집어 올리며 말했다.

"내가 운동을 가르쳐 줄 테니 나랑 여기서 살자."

브리드는 거대한 바위를 손쉽게 들어 올린 거인을 보고 뒷걸음질 치다 다급하게 소리쳤다.

"얘들아 뛰어!"

카이츠는 발바닥에 불이 붙은 것처럼 헐레벌떡 뛰어가기 시작했다. 하디는 목도리가 풀리지 않게 한 손으로 잡고 달렸고 브리드는 다리가 보이지 않을 정도로 빠르게 뛰는 와중에 거인을 힐끗 보고 소리쳤다.

"다음에 다시 올게요!"

거인은 들고 있는 바위를 한 손으로 높이 올렸다가 내리며 입을 열었다.

"다음에 꼭 와야 해. 기다리고 있을게."

브리드는 대답하지 않았고 뒤도 돌아보지 않았다. 세 명의 마법사들은 빠르게 뛰어 다시 두 갈래 길 앞까지 돌아올 수 있었다. 카이츠는 마치 방금 경기를 끝낸 축구선수처럼 바닥에 뻗어 가쁜 숨을 내쉬었다. 하디는 그를 내려다보며 말했다.

"넌 정말 운이 좋네? 하마터면 거인한테 잡혀서 평생 바윗덩어리나 들 뻔했다고."

카이츠는 빠르게 뛰고 있는 심장을 진정시키기 위해 아무 대답도 하지 않았다. 브리드는 허리를 숙인 채 숨을 고르며 말을 꺼냈다.

"괜찮아. 무사히 돌아왔잖아."

하디는 목도리로 이마에 맺힌 땀을 닦아내고 왼쪽 길 앞에 서서 입을 열었다.

"여기 누워 있을 시간 없어. 어서 가자."

하디는 먼저 왼쪽 길 안으로 들어섰다. 브리드도 카이츠를 천천히 일으켜 왼쪽 길을 향해 발을 내디뎠다. 호흡이 돌아온 카이츠는 마른침을 삼키고 말했다.

"이쪽 길에도 밖으로 나갈 수 있는 길이 없으면 어떡할 거야? 우린 평생 여기서 못 나가고 죽는 거야?"

브리드는 울먹이기 시작한 카이츠를 보며 입을 열었다.

"일단 가보자. 나가는 길이 보일 수 있잖아."

카이츠는 한차례 큰 소동을 겪고 전보다 더 커진 불안함을 가진 채 길을 걸었다. 브리드는 손에 쥐고 있는 돌덩이를 보며 말했다.

"괜찮으신가요?"

가스티온이 답했다.

"조금 어지럽긴 하지만 괜찮습니다. 걱정하지 마세요."

브리드는 고개를 끄덕였고 불안해하는 카이츠의 몸을 잡고 같이 걸었다. 그는 그저 밖으로 나갈 수 있는 길이 나타나기만을 간절히 빌었다. 그때 앞서가던 하디가 걸음을 멈췄다. 브리드는 그의 입에서 좋은 소식이 나오는 건 아닌지 내심 기대했다.

하지만 하디는 두 주먹에 피가 통하지 않을 정도로 꽉 쥔 채 고개를 숙였다. 그들 앞에는 방금 만났던 거인과 몸집이 비슷한 짐승 두 마리가 엎드려 길을 막고 있었다. 짐승들의 털은 고슴도치처럼 뾰족했고 얼굴은 흉터로 가득한 하이에나 같았다. 다행히 짐승들은 잠을 자는 것처럼 보였다.

카이츠의 아래턱은 주체할 수 없을 정도로 떨리기 시작했고 브리드는 하디의 뒷모습을 보며 속삭였다.

"다시 돌아가야 할 것 같아…."

하디는 짐승들이 엎드려 있는 곳 뒤쪽을 가리키며 입을 열었다.

"앞으로 갈 수 있는 길이 있어."

브리드도 그가 가리킨 길을 보았다. 하디는 고개를 까딱이며 말을 이었다.

"길 한쪽에 사람도 있어."

하디가 보고 있는 사람은 짐승들의 목을 묶고 있는 줄을 쥐고 벽에 기댄 채 앉아 있었다. 그는 검은 천을 뒤집어쓰고 있어 얼굴을 자세히 볼 수 없었고 움직이지 않는 것을 보니 잠을 자는 것 같았다. 브리드는 반가운 마음에 눈을 크게 뜨고 말했다.

"어서 저 사람한테 가서 나갈 수 있는 길을 물어보자!"

하디도 그와 같은 생각이었는지 고개를 끄덕이며

발걸음을 내디뎠다. 그때 브리드 손에 들려 있는 가스티온이 외쳤다.

"멈춰요! 절대 저 사람을 깨우면 안 돼요!"

브리드는 돌덩이를 눈앞에 가져다 대고 속삭였다.

"저 사람이 덴젤 마녀의 성까지 가는 길을 알려줄 수도 있잖아요."

가스티온이 단호한 말투로 대답했다.

"아니에요. 저 고약한 사람은 하이에나 같은 모크 두 마리를 키워 덴젤 마녀가 아끼던 동물들을 죽였어요. 만약 저 녀석이 우리를 본다면 분명 좋지 않은 일이 벌어질 거예요."

브리드는 가스티온을 보며 대답했다.

"그렇지만 저희는 길을 지나가야 하잖아요."

가스티온도 긴장했는지 잠시 뜸을 들이다 속삭였다.

"저 하이에나 같은 모크들이 잠에서 깨어나기 전에 몰래 지나가는 방법밖에 없어요."

브리드는 침을 질질 흘리며 드르렁대는 모크들을 보았다. 카이츠는 잔뜩 떨리는 목소리로 말했다.

"만약 모크들이 깨어난다면 저희는 어떻게 되는 거예요?"

가스티온이 답했다.

"저 녀석들의 뱃속으로 들어가게 되겠죠."

카이츠는 두 손을 입에 가져다 대고 말했다.

"잡아먹힌다는 건가요?"

그때 브리드는 떨리고 있는 카이츠의 어깨에 손을 살포시 올리며 입을 열었다.

"우리가 조용히 걸어가기만 하면 아무 일 없이 지나갈 수 있을 거야. 이제 우린 돌아갈 수도 없어."

하디는 앞으로 한 발짝 내디디고 말했다.

"저 짐승들이 깨어나기 전에 어서 가자."

세 명의 마법사들은 마치 집에 들어온 도둑들처럼 발뒤꿈치를 떼고 천천히 나아갔다.

잠시 뒤 그들은 드르렁대는 모크들의 콧바람 때문에 머리카락이 이리저리 휘날렸다. 브리드는 심장이 너무 빨리 뛰고 있어서 툭 건드리면 터져버릴 것 같았다. 다행히 모크들과 벽 한쪽에 등을 기댄 사람은 눈을 뜨지 않았고 하디와 브리드는 무사히 그들을 지나쳐 갔다.

그때 카이츠가 급한 마음 때문인지 앞만 바라보다가 모크들 중 한 마리의 꼬리를 밟아버렸다. 카이츠는 브리드의 뒷모습을 보고 말했다.

"내가 뭔갈 밟은 것 같아."

브리드는 깜짝 놀라 고개를 돌렸고 당황한 카이츠의 얼굴을 보며 속삭였다.

"깨어나지 않았으니까 괜찮아."

그때 검은 천을 뒤집어쓴 사람이 고개를 불쑥 들어 올렸다. 그는 브리드와 두 친구가 길을 지나가려 하자 황급히 일어나 목줄을 잡아당기며 소리쳤다.

"너희들은 누군데 감히 내 허락도 없이 지나가려 해?"

방금까지 코를 골던 거대한 짐승 두 마리도 슬그머니 일어났다. 궁지에 몰린 브리드는 하디와 카이츠를 보고 소리쳤다.

"어서 도망쳐!"

세 마법사는 앞에 펼쳐진 길을 따라 빠르게 도망갔다. 하이에나처럼 생긴 모크 두 마리는 털을 바짝 세운 채 그들을 추격했다. 브리드가 뒤를 힐끗 돌아보자 짐승들이 혓바닥을 내민 채 쫓아오는 것을 볼 수 있었다. 두 마리의 모크들과 마법사들의 간격은 점점 좁혀졌다.

그때 뒤처지던 카이츠가 걸음을 멈추고 뒤를 돌아 입을 열었다.

"과연 빙판길에서 쫓아올 수 있을까?"

카이츠는 두 손뼉을 마주치고 땅에 가져다 댔다. 그의 손에서부터 모크들이 달려오고 있는 방향으로 투명한 얼음이 땅 위에 깔리기 시작했다. 뒤따라오던 두 마리의 짐승들이 얼음 위에 서자, 마치 갓 태어난 사슴처럼 허우적대며 넘어졌다. 카이츠는 다시 뒤를 돌아 달렸다.

하지만 모크들은 날카로운 발톱으로 땅을 짚고 일어나 마법사들을 추격하기 시작했다. 두 짐승을 전보다 더 흥분했는지 많은 양의 침을 흘려댔다. 잠시 뒤 브리드는 모크 두 마리의 숨소리를 듣고 격차가 좁혀졌다는 것을 느꼈다.

그때 카이츠가 땅 위에 툭 튀어나온 돌을 못 보고 걸려 넘어졌다. 브리드도 자리에 멈춰 소리쳤다.

"카이츠!"

카이츠는 손뼉을 마주쳐 얼음을 만들어 보려 했지만 이미 눈앞에서 모크 한 마리가 입을 크게 벌려 그를 잡아먹으려 했다. 카이츠는 두 팔로 머리를 감싼 채 소리쳤다.

"살려줘!"

그 순간 뜨거운 불덩이가 카이츠의 머리 위를 지나쳐 짐승의 목구멍으로 들어갔다. 모크는 마치 배탈 난 아이처럼 몸을 이리저리 비틀었다. 하디는 주저앉아 있는 카이츠를 보고 소리쳤다.

"겁쟁아, 빨리 일어나서 뛰어!"

카이츠는 땅을 짚고 일어나 달리기 시작했다. 하디는 나머지 한 마리마저 태워버리기 위해 불덩이를 던져댔지만 잘 맞지 않았다.

그때 브리드는 안주머니에 손을 집어넣어 너구리가 준 초코 브라우니를 꺼냈다. 뒤따라오던 모크 한 마리는 콧구멍을 벌렁거리며 냄새를 맡더니 마치 붉은 천을 본 황소처럼 흥분해 입안에 있는 침을 쏟아댔다. 브리드는 주저하지 않고 들고 있는 초코 브라우니를 모크의 뒤쪽으로 힘껏 던지며 소리쳤다.

"이거나 먹어라!"

브리드를 추격하던 모크는 순식간에 몸을 돌렸다. 검은 천을 뒤집어쓴 사람은 모크 한 마리가 자신을 향해 달려오자 발을 동동 굴러대며 외쳤다.

"어서 저 녀석들을 잡으라니까!"

하지만 모크는 이제 그의 말이 들리지 않는지 움직이

지 않고 땅에 떨어진 초코 브라우니를 허겁지겁 핥아댔다. 브리드는 앞으로 달려가면서 환한 미소를 지었다.

9

쌍둥이 형제와 매부리코 할머니

　세 마법사는 혹시라도 모크가 다시 쫓아올 수 있다고 생각해 십 분 동안 멈추지 않고 나아갔다. 그때 브리드는 앞에 다섯 갈래 길이 있는 것을 보고 걸음을 멈췄다. 카이츠는 입으로 숨을 내쉬며 말을 내뱉었다.
　"이제 따라오지 않지? 난 그 녀석의 목구멍까지 봤단 말이야."
　브리드는 아직 온몸을 떨고 있는 카이츠를 보며 말했다.
　"하디가 불덩이를 던지지 않았으면 끔찍했을 거야."
　카이츠는 하디를 힐끗 보고 입을 열었다.
　"나 혼자서 살 수 있었거든?"

브리드가 멋쩍은 웃음을 지으며 말했다.

"그래도 하디에게 고맙다고 하는 건 어때?"

카이츠는 자존심이 상하는지 고개를 저었고 하디는 팔짱을 낀 채 앞에 있는 다섯 개의 길만 유심히 노려보고 있었다. 브리드는 깊은 한숨을 내쉬며 말을 꺼냈다.

"간신히 두 갈래 길을 지나왔는데 이젠 다섯 갈림길 중 하나를 선택해야 하네…."

그때 브리드 손에 들려 있는 가스티온이 말했다.

"제 의견을 말해봐도 될까요?"

브리드가 눈앞에 돌덩이를 가져다 대고 대답했다.

"당연하죠! 혹시 덴젤 마녀의 성이 어느 쪽에 있는지 알아내신 거예요?"

"그…. 그건 아니지만 계속 고민만 하고 있으면 어느 방향으로도 가지 못할 것 같아요."

브리드는 가스티온을 보며 말했다.

"어느 방향으로 갈까요?"

가스티온은 주저 없이 대답했다.

"가운데 길로 가보면 좋을 것 같습니다."

브리드는 의심 없이 고개를 끄덕이며 하디와 카이츠를 보고 말했다.

"얘들아 들었지? 가운데 길로 가보자."

하디는 지치지도 않는지 가운데 길 쪽으로 발걸음을 내디뎠다. 반면 카이츠는 울먹거리며 말을 내뱉었다.

"앞으로 더 끔찍한 모크들이 나타날 거야. 난 너무 지쳐서 더는 움직일 수 없다고."

브리드가 그에게 다가가 말했다.

"일단 가운데 길로 들어가 보자. 너도 우리한테 시간이 없다는 걸 알잖아."

브리드도 가운데 길로 들어섰고 카이츠는 온몸에 있는 영혼이 전부 빠져나간 것 같은 표정으로 어깨를 축 늘어뜨린 채 브리드를 따라갔다.

가운데 길 양쪽 벽에는 다양한 모양의 거울들이 붙어 있었다. 하디는 아무 관심 없다는 듯 지나갔고 브리드는 거울 앞에 서서 심하게 헝클어진 머리를 보았다. 뒤따라온 카이츠도 브리드 옆에 서서 힘없이 말했다.

"여기에 왜 거울이 있는 거야."

브리드는 엉망진창이 된 머리를 정리하면서 입을 열었다.

"나도 모르겠어."

그때 가스티온이 말했다.

"거울에 저도 비춰줄 수 있나요? 돌로 변한 제 모습을 직접 보고 싶네요."

브리드는 손바닥 위에 돌덩이를 두고 거울에 비춰주었다. 가스티온은 울퉁불퉁한 자신의 모습을 보고 속삭였다.

"제 모습이 이렇게 형편없었다고요?"

브리드는 거울 밑으로 돌덩이를 내리고 말을 꺼냈다.

"미로 감옥을 빠져나가면 분명 원래 모습으로 돌아오실 거예요."

브리드는 다시 앞으로 나아갔고 옆에 있는 거울도 보았다. 그는 거울 앞에 서자 얼굴 곳곳을 만져가며 입을 열었다.

"내 얼굴이 사과로 보여…."

카이츠도 옆에 서서 거울에 비친 자신의 얼굴을 보았다. 그는 방금까지 힘들어하던 모습이 완전히 사라진 채 거울을 가리키며 말했다.

"내 얼굴은 바나나로 보여!"

하디는 아무 관심 없다는 듯 그냥 지나가다 거울을 슬쩍 보았다. 그의 얼굴은 새빨간 딸기로 보였다. 카이츠는 거울에 비친 하디를 보고 크게 웃음을 터트리며 외쳤다.

"하디 얼굴 좀 봐!"

하디는 그를 노려보며 말했다.

"네가 더 이상하거든?"

얼굴이 붉어진 하디는 고개를 휙 돌려 앞으로 걸어가기 시작했다. 가스티온은 자신의 모습을 본 충격이 아직 사라지지 않아 한동안 아무 말도 하지 않았다.

이후 브리드는 길을 따라 걸어가면서 다른 거울도 지나쳤다. 동물의 얼굴로 보이는 거울도 있었고 얼굴이 네모나게 보이는 거울도 있었다.

그때 앞서가던 하디가 걸음을 멈추고 입을 열었다.

"저길 봐."

그들 앞에는 다시 세 갈림길이 보였다. 길 앞에는 거대한 나무 한 그루가 우직하게 서 있었고 브리드는 나무 앞으로 다가가 말했다.

"여기서 잠낀 쉬었다 갈까?"

카이츠는 이미 나무 그늘에 누워 검게 뒤덮여 있는 하늘을 보며 말했다.

"지금은 까마득한 새벽일 거야."

브리드는 다시 선택해야 하는 세 갈림길 앞에 서서

하늘을 올려다보고 조용히 말했다.

"여기서 나갈 수 있겠지?"

가스티온이 대답했다.

"여기서 잠시 눈을 붙이고 새로운 마음으로 다시 떠난다면 빠져나갈 수 있는 길을 발견할 수 있을 거예요."

하늘이 검게 뒤덮여 있어 지금 낮인지 밤인지 알 수 없었지만, 서로의 체력이 바닥나 있다는 것은 알 수 있었다. 브리드는 나무 그늘에 누워 눈을 지그시 감고 나지막이 말했다.

"모두 잘 자."

카이츠는 금세 코를 골기 시작했고 하디는 대답 없이 고개를 끄덕이며 목도리를 풀었다. 브리드는 가스티온을 땅에 살포시 내려놓고 선선한 바람이 불어오는 것을 느끼며 금세 곯아떨어졌다.

그때 가장 오른쪽 길에서 누군가 세 마법사가 누워 있는 것을 발견하고 천천히 다가오기 시작했다. 키는 브리드의 무릎 높이 정도로 아주 작았다. 그는 브로콜리처럼 초록색 풍성한 머리에 딱 달라붙는 멜빵 바지를 입고 있었다.

초록 머리 난쟁이는 나무 그늘에 누워 있는 브리드

와 두 친구를 물끄러미 바라보다 속삭였다.

"죽은 건가…?"

그는 조심스럽게 나무 그늘에 들어왔고 카이츠가 몸을 뒤척이는 것을 보고 말했다.

"죽은 건 아니네…."

초록 머리 난쟁이는 그들을 유심히 보다가 혹여나 훔쳐 갈 만한 물건이 있는지 주변을 살펴보며 입을 열었다.

"근데 이 녀석들은 처음 보는 모크들인데?"

난쟁이는 한쪽 무릎을 꿇고 앉아 마치 뜨거운 물의 온도를 측정하려는 것처럼 브리드의 몸을 조심스럽게 더듬었다. 잠시 뒤 그가 아무것도 가지고 있지 않다고 생각해 옆에 누워 있는 하디 앞으로 갔다.

난쟁이는 하얀 목도리를 유심히 보며 말했다.

"이건 값비싼 목걸이인가?"

그는 목도리를 집어 올렸다. 청각이 예민한 하디도 많이 피곤했는지 좀처럼 깨어나지 않았다. 난쟁이는 얕은 미소를 짓고 속삭였다.

"이게 뭔지 모르겠지만 내가 가져갈게."

그때 카이츠가 초록 머리 난쟁이의 몸을 뒤에서 확 잡아재며 말했다.

"내 인형…. 오래 기다렸지? 난 아주 중요한 일을 하고 왔어."

꿈속에 있는 카이츠는 난쟁이가 자신의 애착 인형인 줄 알고 끌어안았다. 이후 그는 난쟁이의 얼굴에 입술을 마구 찍어댔다. 카이츠 품에 안긴 난쟁이는 고개를 이리저리 흔들고 손을 떼며 외쳤다.

"왜 이러는 거야! 이거 놓으라고!"

카이츠는 난쟁이가 빠져나가려고 하자 더 강하게 끌어안았다. 이후 그는 초록색 풍성한 머리에 코를 박고 숨을 크게 들이마셨다. 하지만 카이츠는 자신의 애착 인형 냄새가 아니라는 것을 알고 표정을 찡그리며 말했다.

"이 냄새는 내 인형이 아닌데…."

카이츠는 눈을 슬며시 떠 인형이라 생각했던 난쟁이를 보았다. 잠시 눈을 깜빡이던 카이츠는 마치 몸에 달라붙은 벌레를 떼어내는 것처럼 난쟁이를 뿌리쳤고 자리에서 벌떡 일어나 브리드와 하디를 보고 소리쳤다.

"어서 일어나 봐! 모크가 나타났어!"

하디는 갑작스러운 소리에 순식간에 일어났다. 브리드도 얼굴을 찡그리며 일어나 앞에 서 있는 난쟁이를 보았다.

겁에 질린 초록 머리 난쟁이는 세 마법사를 보고 오른쪽 길을 향해 뛰어가며 외쳤다.

"처음 보는 모크들이야. 도망가야 해!"

브리드는 도망가는 그를 보고 말했다.

"어쩌면 저 난쟁이가 덴젤 마녀의 성까지 가는 길을 알려줄 수도 있어."

초록 머리의 난쟁이는 두 팔을 앞뒤로 격하게 흔들며 달렸지만, 다리가 너무 짧아 그의 열 걸음이 카이츠의 두 걸음과 같았다. 잠시 뒤 카이츠는 그의 목덜미를 손쉽게 잡았고 난쟁이는 마치 심술 난 고양이처럼 버둥거리며 말했다.

"이거 놓지 못해? 지금 놓지 않으면 쌍둥이 동생을 부른다?"

카이츠는 가소롭다는 듯이 비웃고 대답했다.

"너무 무서운데? 혹시 그 녀석은 짤막한 너보다 더 몸집이 작은 거야?"

초록 머리 난쟁이는 고개를 들고 소리쳤다.

"레이라!"

하지만 그가 계속 고성을 내질렀지만 아무도 나타

나지 않았다. 카이츠는 입꼬리를 올린 채 비꼬듯이 말을 내뱉었다.

"네 동생도 다리가 짧아서 여기까지 오는 데 많은 시간이 걸리겠지."

그때 난쟁이는 길 끝에서 나타난 동생을 보고 손을 휘저으며 외쳤다.

"레이라! 여기야!"

카이츠는 초록 머리 난쟁이의 쌍둥이 동생을 보자마자 옷가지를 놓으며 입을 열었다.

"저 녀석은…."

멀리서 다가오는 난쟁이의 동생은 마법사들에게 같이 운동을 하자고 했던 거인이었다. 온몸을 뒤덮은 상형문자를 보니 그때 만난 거인이 확실했다. 브리드는 마른침을 삼키고 말했다.

"거인이 네 동생이라고?"

초록 머리 난쟁이는 짧은 손가락으로 카이츠를 가리키며 소리쳤다.

"저 모크가 날 잡아먹으려 했어!"

거인 레이라는 걸음을 멈추고 턱을 긁적이며 느릿하게 말을 꺼냈다.

"어디서 본 거 같은데….”

카이츠는 겁에 질려 아무 말도 내뱉지 못했고 브리드가 그를 올려다보며 말했다.

"맞아. 우린 본 적 있어.”

자신감이 생긴 난쟁이는 거인 옆에 달라붙어 입을 열었다.

"저 사악한 모크들의 눈동자를 봐!”

거인 레이라는 브리드를 보며 말했다.

"정말 우리 형을 잡아먹으려 했던 거야?”

브리드는 고개를 격하게 저으며 소리쳤다.

"우린 모크도 아니고 누굴 잡아먹을 생각도 없어. 단지 덴젤 마녀의 성으로 빨리 가고 싶은 마음뿐이라고!”

초록 머리 난쟁이와 거인 레이라는 마녀의 이름이 불리자 잠시 서로를 보았다. 잠시 뒤 난쟁이는 의심스러운 눈빛으로 브리드를 보며 말했다.

"모크들은 아니라는 거지?”

그때 하디가 팔짱을 끼고 대답했다.

"너희들이 모크 아니었어?”

초록 머리 난쟁이는 작은 발로 땅을 차대며 입을 열었다.

"우린 모크들처럼 못생기지 않았거든? 우린 덴젤 마녀의 목걸이를 훔치다 걸려서 여기 갇히게 된 거야. 이제 백 년만 더 있으면 풀려나겠지."

브리드는 고개를 갸우뚱거리고 말했다.

"백…. 백 년?"

초록 머리 난쟁이는 당연하다는 듯이 고개를 끄덕이고 말을 이었다.

"근데 너희는 사악한 덴젤 마녀를 왜 만나고 싶은 건데?"

브리드는 두 주먹을 꽉 쥐고 답했다.

"덴젤 마녀가 빼앗아 간 영생의 고서 때문에 우리 마법사들이 사는 호르비스 성이 점점 썩어가고 있거든."

난쟁이는 거인 레이라의 얼굴을 올려다보고 한쪽 입꼬리를 올리며 말했다.

"우리도 덴젤 마녀한테 어떻게 하면 골탕을 먹일 수 있을지 고민하고 있었는데."

그때 레이라가 깊은 한숨을 내쉬고 입을 열었다.

"그렇지만…. 덴젤 마녀의 성안에는 너희가 생각하는 것보다 훨씬 잔인한 모크들이 있어. 난 절대 그곳으로 돌아가고 싶지 않아."

하디가 헛웃음을 치고 말했다.

"영생의 고서를 되찾아가지 못하면 호르비스 성뿐만 아니라 우리도 얼마 안 가 죽게 되겠지. 난 빨리 죽기 싫거든."

난쟁이는 턱을 어루만지면서 무언갈 생각하다 말을 꺼냈다.

"너희에게 도움 될 수 있는 물건을 하나 가지고 있긴 한데…."

브리드는 눈을 번쩍 뜨고 대답했다.

"그게 뭔데?"

초록 머리 난쟁이는 오른쪽 바지 주머니에 조그마한 손을 넣어 무언가를 꺼냈다. 그가 손바닥 위에 올려 내민 것은 둥근 손거울같이 생겼고 중심에는 얇은 침 두 개가 이리저리 움직이고 있었다.

브리드는 실망한 표정을 지으며 말했다.

"이건 평범한 시계 아니야?"

난쟁이는 고개를 저었다. 브리드 옆에 서 있던 하디가 무심히 입을 열었다.

"나침반이야."

그제야 난쟁이는 고개를 끄덕이며 말을 내뱉었다.

"이게 있으면 너희가 어느 방향으로 가고 있는지 알 수 있을 거야."

브리드는 나침반을 유심히 보다 소리쳤다.

"우린 북쪽으로 가야 해!"

난쟁이는 나침반을 들이밀며 말했다.

"이걸 가지고 가서 덴젤 마녀의 코를 납작하게 눌러줘."

브리드는 두 손으로 조심스럽게 나침반을 받고 대답했다.

"반드시 그렇게 할 거야."

초록 머리 난쟁이는 어서 가라는 듯 손짓을 했고 세 마법사는 다시 세 갈래 길 앞으로 돌아왔다. 브리드는 나침반을 보았고 북쪽을 가리키고 있는 곳으로 가려면 가운데 길 안으로 들어가야 했다. 그들은 이전과 달리 주저하지 않고 중심에 있는 길 안으로 들어갔다.

잠시 뒤 확신을 가진 채 걷고 있던 브리드는 눈앞에 하얀 벽이 길을 막고 있는 것을 보았다. 벽은 마치 거대한 실타래 하나가 놓여 있는 것처럼 보였다.

브리드는 다시 나침반을 보며 입을 열었다.

"이 방향이 맞는데…?"

카이츠는 앞을 가로막은 하얗고 푹신한 벽을 이곳

저곳 눌러보며 말했다.

"나침반이 고장 난 거 아니야?"

브리드는 가스티온에게 조언을 구하려고 주머니 안에 손을 집어넣었다. 근데 그는 돌덩이가 없어진 것을 알고 조용히 말을 내뱉었다.

"가스티온 님을 잃어버린 것 같아…."

카이츠가 주변을 둘러보았지만 울퉁불퉁한 돌덩이는 보이지 않았다. 하디는 고개를 저으며 한숨 쉬듯 조용히 말했다.

"어쩔 수 없어. 이제 우리끼리 가야 해."

그때 카이츠가 만지고 있던 하얀 벽이 천천히 돌아가기 시작했다. 잠시 뒤 그들 앞에는 마치 강아지의 입 주변처럼 주름이 자글자글하고 코가 까마귀 부리처럼 생긴 할머니가 모습을 드러냈다.

푹신하고 하얀 벽은 그녀의 머리카락이었고 머리는 몸보다 두 배나 더 컸다. 카이츠는 허겁지겁 브리드 옆으로 돌아왔다.

구름처럼 풍성한 흰머리를 가진 할머니는 그들의 눈동자를 보고 입을 열었다.

"너희들은 호르비스 성에서 왔구나?"

브리드는 떨리는 목소리로 말을 내뱉었다.

"맞아요. 당신의 정체는 뭐예요?"

할머니는 희미한 미소를 지으며 대답했다.

"난 덴젤의 엄마란다."

하디는 곧바로 두 손뼉을 마주쳐 양손에 불을 지폈다. 브리드는 마른침을 꿀떡 삼키고 말했다.

"그럼 당신도 저를 잡아가려 하겠네요?"

매부리코 할머니는 듬성듬성 빠진 앞니가 보일 정도로 웃고 말을 꺼냈다.

"난 너희들을 잡아가지 않아. 사실 나도 여기에 갇힌 거란다."

브리드는 경계하는 눈빛으로 매부리코 할머니를 보며 말했다.

"그럴 리가 없어요."

덴젤 마녀의 어머니는 얕은 한숨을 내쉬고 조용히 대답했다.

"그 성은 원래 내 것이었고 지금의 모크들은 성 주변에 살던 평범한 동물들이었지. 그런데 덴젤은 온 세상을 지배하고 싶은 욕심이 점점 커지면서 나까지 이곳에 가두었어."

할머니는 아련한 눈빛으로 하늘을 올려다보았다. 그녀의 눈 속에 투명한 눈물이 맺혀 있었다. 하디는 양손에 타오르던 불을 껐고 브리드는 조심스럽게 말을 꺼냈다.

"어머니한테 그런 짓을 하다니."

매부리코 할머니는 눈물을 닦아내고 입을 열었다.

"수천 년의 역사를 가진 호르비스 성에서 가장 중요한 영생의 고서를 가져갔다고 들었어. 그건 아주 위험한 일이야. 영생의 고서에 엄청난 힘이 담겨 있거든…."

브리드는 그녀의 눈을 똑바로 보며 말했다.

"혹시 덴젤 마녀의 성까지 가는 방법을 아시나요?"

할머니는 살며시 고개를 끄덕이며 대답했다.

"알고 있지…."

브리드는 마치 오랫동안 숨겨져 있던 보물을 찾은 것처럼 두 눈을 크게 뜨고 조심스럽게 말을 내뱉었다.

"저희한테 그 길을 알려주실 수 있나요?"

매부리코 할머니가 고개를 끄덕이자 마치 정전기 오른 고양이 털처럼 그녀의 하얗고 풍성한 머리카락이 하늘 높이 치솟았다. 이후 머리카락은 거대한 열쇠 모양으로 변하더니 그녀 옆에 있는 벽 중심을 관통했다.

잠시 뒤 막혀 있던 벽이 회전문처럼 돌아가면서 살을 에는 듯한 차가운 바람이 휘몰아쳐 들어왔다. 매부리코 할머니는 밖을 가리키며 말했다.

"모크들이 보기 전에 어서 나가게나. 바람이 불고 있는 방향으로 계속 걸어가다 보면 덴젤의 성이 보일 거네."

브리드와 친구들은 차가운 바람이 불어와 쉽게 발걸음을 떼지 못했다. 매부리코 할머니는 온화한 미소를 지으며 말했다.

"생각보다 오래 걸리지 않을 테니 주저하지 말렴."

세 마법사는 고개를 숙여 차례대로 인사하고 벽 밖으로 발걸음을 내디뎠다. 그들 모두가 밖으로 나가자마자 방금까지 있었던 미로 감옥은 소리 소문 없이 사라진 상태였다.

브리드는 두 주먹을 불끈 쥐고 열의에 찬 말투로 속삭였다.

"어서 가자."

10
덴젤 마녀의 성

　세 마법사를 얼려버릴 정도로 불어오는 바람은 도저히 멈출 기미가 보이지 않았다. 카이츠는 고개를 숙인 채 힘겹게 말을 꺼냈다.

　"이제 앞으로 걸어가기만 하면 되는 거지?"

　브리드는 한쪽 팔을 얼굴 앞에 가져다 대고 입을 열었다.

　"할머니가 한 말이 거짓말은 아닐 거야."

　하디는 코를 완전히 가릴 정도로 목도리를 올리고 묵묵하게 나아갔다. 일 분도 채 지나지 않아 카이츠는 얼굴과 손에 감각이 사라진 것을 느끼고 자리에 멈춰 서서 말을 꺼냈다.

"난 차라리 미로 감옥 안으로 다시 돌아가고 싶어."

하디는 그를 힐끗 보고 말했다.

"너만 추운 거 아니거든?"

카이츠도 그를 노려보며 소리쳤다.

"넌 목도리를 하고 있잖아!"

브리드는 고개를 숙인 채 둘을 번갈아 보며 외쳤다.

"둘 다 그만해!"

이후 세 마법사는 아무 대화도 하지 않으며 조금씩 걸어 나갔다. 눈보라는 마치 누군가 옆에서 소금이 가득 찬 바가지를 계속 뿌려대고 있는 것처럼 따가움을 느꼈다. 삼십 분 정도가 지나자 한계가 온 듯한 카이츠는 걸음을 멈추고 허리를 숙인 채 말을 내뱉었다.

"조금만 더 걸으면 다리가 정말 부러질 거야."

옆에서 걷고 있던 브리드도 피부가 찢겨나갈 것 같은 고통을 참고 있었다. 그는 도저히 고개를 올릴 수 없었기에 하디를 슬쩍 보고 입을 열었다.

"혹시 마녀의 성이 보여?"

하디는 붉은 눈동자를 똑바로 뜨고 눈보라 사이로 희미하게 보이는 성을 발견하고 대답했다.

"뭔가 보이는 것 같아."

브리드는 계속 흘러나오는 콧물을 크게 들이마시고 소리쳤다.

"정말 보여?"

뒤따라오던 카이츠는 모든 것을 포기한 사람처럼 속삭였다.

"우린 이대로 가다가 아무도 모르게 얼어 죽을 거야."

브리드가 소리쳤다.

"그런 불길한 소리 하지 마!"

브리드는 자신의 눈으로 직접 덴젤 마녀의 성을 보기 위해 힘겹게 고개를 들어 올렸다. 그도 저 멀리에서 우뚝 서 있는 성을 보고 말했다.

"정말 보여!"

이제 길 위에 쌓인 눈은 그들의 발목 위까지 올라왔다. 옷에도 싸락눈이 달라붙어 몸 전체가 하얗게 뒤덮였다. 브리드는 덴젤 마녀의 성까지 거리가 얼마 남지 않은 것을 보고 이를 꽉 다문 채 나아갔다.

멍이 든 것처럼 입술이 새파래진 카이츠는 계속 중얼댔다.

"난 내가 걷고 있는 느낌도 들지 않아. 이미 동상에 걸린 건 확실해."

브리드가 타이르듯 말을 건넸다.

"이제 덴젤 마녀의 성이 보이니까 조금만 더 참아보자."

카이츠는 고개를 이리저리 저으며 걸었다. 다행히 세차게 내리던 눈보라는 마녀의 성에 가까워질수록 점점 그쳐갔다.

잠시 뒤 엄청난 고통을 참고 걸어온 세 마법사는 덴젤 마녀의 성 바로 앞까지 왔다. 마녀의 성은 마치 하얀 생크림 케이크 중심에 뾰족하고 거대한 고드름이 떡하니 꽂혀 있는 것처럼 보였다. 카이츠는 마녀의 성을 위아래로 훑어보며 입을 열었다.

"정말 아름다워…. 어서 들어가서 몸을 녹이자."

하디는 한심한 눈빛으로 카이츠를 보며 말했다.

"정신 차려. 우린 놀러 온 게 아니야."

브리드도 고개를 들어 덴젤 마녀의 성 꼭대기를 보면서 말을 꺼냈다.

"영생의 고서를 되찾으려면 제일 높은 곳까지 올라가야 하나?"

하디가 무심하게 고개를 끄덕이며 답했다.

"위쪽엔 덴젤 마녀도 있겠지. 거대한 모크들도 나타날 수 있으니 이제 조심히 움직이자."

카이츠는 반쯤 눈을 감은 채 툴툴거렸다.

"들어가기 전부터 왜 겁을 주는 거야?"

하디는 그 말에 대답하지 않고 덴젤 마녀의 성 한쪽에 있는 아치형 터널을 발견하고 말했다.

"저기가 입구야. 어서 가자."

마음이 조급해진 하디는 성큼성큼 발걸음을 내디뎠다. 그때 입구를 유심히 보고 있던 브리드가 그의 팔을 붙잡고 속삭였다.

"잠깐 멈춰봐."

하디는 아무 말 없이 고개만 슬쩍 돌렸다. 브리드는 덴젤 마녀의 성안으로 시선을 고정한 채 말을 이었다.

"모크가 있어."

하디는 다시 앞을 보고 입구 바로 안에 모크가 한쪽 벽에 기댄 채 앉아 있는 것을 보았다. 그 옆에는 커다란 몽둥이도 놓여 있었다. 카이츠는 빳빳하게 얼어버린 머리를 감싸 쥐고 말했다.

"여기까지 간신히 왔는데 들어갈 수 없는 거야?"

브리드는 마른침을 삼키고 입을 열었다.

"우린 저 녀석한테 들키지 않고 들어갈 방법을 생각해야 해."

카이츠는 모크 옆에 있는 섬뜩한 몽둥이를 보고 떨리는 목소리로 말을 내뱉었다.

"지금이라도 돌아가는 게 어때? 저런 괴물한테 맞서서 죽는 것보단 좋을 거야."

하디가 그를 잡아먹을 것처럼 노려보며 조용히 말했다.

"닥쳐."

카이츠는 뜨겁게 타오르고 있는 하디의 눈동자를 보고 쥐 죽은 듯이 속삭였다.

"알겠어…. 알겠다고."

하디는 입구 안에 있는 모크를 유심히 보며 말했다.

"저 모크가 고개를 까닥거리는 걸 보니 졸고 있는 게 분명해. 조용히 들어가면 되겠어."

겁에 질린 카이츠가 고개를 저으며 대답했다.

"미로 감옥 안에서도 조용히 지나가다가 들켰잖아. 거긴 도망칠 곳이 있었지만 여긴 없어."

하디는 눈을 지그시 감고 말했다.

"그땐 바보 같은 네가 꼬리를 밟아서 그런 거잖아."

카이츠는 입을 삐죽 내민 채 아무 대답도 하지 못했다. 브리드는 모크에게 시선을 고정하며 조용히 말했다.

"모크는 졸고 있는 게 맞아. 입에서 진득한 침이 흘러내리고 있어. 저 녀석은 꼬리도 없으니까 조용히 지나가면 될 거야."

브리드는 먼저 덴젤 마녀의 성 입구 앞쪽으로 천천히 걸어갔다. 하디도 주저 없이 그를 따라갔고 카이츠는 그들의 뒷모습을 보고 속삭였다.

"난…. 마음의 준비가 아직 안 됐는데."

브리드가 고개만 돌려 말했다.

"지금이 유일한 기회일 수 있어."

카이츠도 어쩔 수 없이 그의 뒤를 따라갔다. 세 마법사는 얼마 지나지 않아 입구 바로 앞까지 왔고 벽 한쪽에 기대 졸고 있는 모크를 자세히 보았다. 괴물의 몸은 곰팡이가 핀 것처럼 곳곳에 거뭇한 얼룩이 번진 상태였다. 머리 전체는 하얀 털로 뒤덮여 있었고 주먹 크기의 코만 불룩 튀어나와 있었다.

카이츠는 모크 옆에 있는 몽둥이를 보며 속삭였다.

"만약 들킨다면 우린 뼈도 남지 않을 거야."

브리드는 입에 집게손가락을 가져다 대고 말했다.

"이제 조용히 해야 해."

하디는 대답 없이 고개를 끄덕였고 카이츠는 너무

긴장되는 나머지 눈을 동그랗게 뜨고 몸을 한껏 움츠렸다. 카이츠는 만약 괴물이 깨어난다면 가장 먼저 도망가기 위해 맨 뒤에 섰다.

 그들은 덴젤 마녀의 성 입구 안으로 들어갔다. 앞쪽에 어두운 통로가 있었고 그 끝에는 꼭대기까지 올라갈 수 있는 계단이 보였다. 하디의 붉은 눈동자도 흔들리기 시작했고 카이츠는 두 손으로 입을 틀어막았다.

 그때 벽에 기대 졸고 있던 모크가 마치 술에 잔뜩 취한 사람처럼 눈을 반쯤 감은 채 고개를 들어 올렸다. 순간 세 마법사는 숨을 참고 조각상처럼 움직임 없이 섰다. 모크는 다시 눈을 감고 고개를 푹 떨궜다.

 브리드의 터질 것 같은 심장박동 소리가 뒤에 있는 하디에게도 들릴 정도로 커졌고 다시 입으로 숨을 내쉬며 움직였다.

 브리드는 거북이보다 더 느릿하게 움직이며 계단으로 가는 통로 안으로 들어왔다. 잠시 뒤 하디도 무사히 들어와 카이츠가 바보스러운 행동을 하는 건 아닌지 팔짱을 끼고 보았다. 카이츠도 천천히 걸어 통로까지 한 발짝 남은 상황이었다.

 하디가 카이츠마저 통로 앞까지 온 것을 보고 몸을

돌리려 한 그때 모크는 카이츠의 발목을 잽싸게 잡고 고개를 들어 올리며 말을 내뱉었다.

"네놈들은 누구냐."

통로 안에서 기다리고 있던 브리드와 하디는 동시에 눈을 크게 떴고 카이츠의 몸은 주체할 수 없을 정도로 떨리기 시작했다. 모크는 옆에 놓였던 몽둥이를 집어 들고 천천히 일어났다. 거대한 괴물은 몸으로 입구를 틀어막고 세 마법사의 얼굴을 한 번씩 쳐다보며 말을 꺼냈다.

"너희들이 호르비스 성에서 온 마법사들이지?"

카이츠의 몸 전체는 이미 식은땀으로 흠뻑 젖은 상태였다. 그는 자신보다 두 배 더 큰 모크를 보며 우물쭈물했다.

"그…. 그게…."

그때 브리드가 눈을 부릅뜨고 모크를 올려다보며 외쳤다.

"그런 끔찍한 소리 하지 마. 우린 덴젤 님을 지키고 있는 모크야!"

하디와 카이츠는 동시에 브리드를 쳐다보았다. 두 손이 떨리고 있는 브리드는 섬뜩한 모크의 눈을 피하지 않고 말을 이었다.

"우린 같은 편인데 왜 그러는 거야?"

몽둥이를 들고 서 있는 모크가 고개를 갸우뚱거리고 두꺼운 손가락으로 배를 긁적이며 입을 열었다.

"너희가 모크라고?"

브리드는 입을 꾹 다물고 고개를 끄덕였다. 하디와 카이츠도 브리드의 계략을 알아채고 슬며시 고개를 끄덕거렸다. 멀뚱히 서 있던 모크는 몽둥이를 내려놓지 않고 말했다.

"난 너희처럼 생긴 모크를 한 번도 본 적 없는데?"

브리드가 기다렸다는 듯 말을 내뱉었다.

"우린 덴젤 님과 아주 가까운 사이여서 너와 한 번도 마주친 적이 없었을 거야."

모크는 의심하는 눈빛으로 그들을 보며 대답했다.

"너희를 알고 있는 모크가 한 녀석도 없다는 건 말이 안 돼."

브리드는 멍청해 보이는 괴물이 생각보다 치밀하게 행동하자 잠시 어찌할 줄 몰랐다. 그가 바로 대답하지 못하자 코가 거대한 모크는 몽둥이를 높게 들어 올리며 외쳤다.

"그래! 너희들은 모크가 아니었어!"

그때 하디가 팔짱을 낀 채 무심하게 말을 내뱉었다.

"못생긴 물고기같이 생긴 녀석 알지?"

험악한 표정을 짓고 있던 모크는 잠시 고개를 올려 생각하더니 썩어 문드러진 이빨을 보이며 말했다.

"혹시 피어즈 말하는 거야?"

하디는 양쪽 입꼬리를 살짝 올리며 대답했다.

"유일하게 그 녀석이 우리와 친했지."

모크는 들고 있던 몽둥이를 바닥에 툭 던지고 자리에 앉아 입을 열었다.

"근데 그 녀석은 지금 어디 있는지 모르겠어. 덴젤 님이 중요한 임무를 맡겼다고 듣긴 했는데…"

브리드가 모크를 보고 능청스럽게 대답했다.

"그 녀석은 워낙 멍청하잖아. 아마 여기까지 오다 길을 잃었을 거야."

모크는 마치 어질러진 방처럼 지저분한 입속을 보여주며 큰소리로 웃었다. 카이츠는 아직 떨리고 있는 몸이 진정되지 않았다. 그는 이 상황에서 벗어나고 싶은 마음뿐이었다.

코가 주먹만 한 모크는 두꺼운 손가락을 콧구멍에

찔러 넣고 말을 꺼냈다.

"근데 너희는 어딜 갔다 오는 길이야?"

브리드는 예상치 못한 질문이 들려오자 잠시 바깥을 보며 어떤 대답을 해야 할지 생각했다. 잠시 뒤 그는 모크가 앉아 있는 곳으로 다가가 속삭였다.

"우린 덴젤 여왕님의 비밀 임무를 완수하고 오는 길이었어."

모크는 바보같이 눈을 깜빡이며 입을 열었다.

"비밀 임무? 그게 뭔데?"

브리드는 괜히 양옆을 힐끗 보고 조용히 말했다.

"말하면 안 돼. 덴젤 여왕님께서 이 무시무시한 임무를 누군가에게 누설하기라도 한다면 영원히 얼려버린다고 하셨어."

브리드는 뒤에 서 있는 하디를 보았고 그도 고개를 끄덕였다. 모크는 정말 겁에 질려 양쪽 팔로 어깨를 감싸 말을 내뱉었다.

"생각만 해도 끔찍해…."

브리드는 몸을 떨기 시작한 괴물을 보며 말했다.

"그런데 너는 입구를 지켜야 할 시간에 왜 졸고 있던 거야?"

머리가 하얀 털로 뒤덮인 모크는 소스라치게 놀라 떨리는 목소리로 대답했다.

"설마 덴젤 여왕님께 일러바치려는 건 아니지?"

브리드는 상황이 바뀌었다는 걸 느끼고 팔짱을 낀 채 말을 내뱉었다.

"오늘만 특별히 말하지 않을게."

모크는 방금 코를 팠던 손으로 브리드의 몸을 냉큼 잡고 입을 열었다.

"정말이야? 이제부터 생명의 은인이라고 부를게."

그때 뒤에 서 있던 하디가 눈물을 글썽거리는 모크를 보며 말했다.

"이제 우린 올라가 봐야 해. 늦으면 한 소리 듣는다고."

모크는 자리에서 즉시 일어나 말했다.

"어서 올라가 봐."

커다란 코를 가진 괴물은 마치 고급 레스토랑의 종업원처럼 통로 벽에 붙어 안쪽으로 들어가라고 팔을 뻗었다. 세 마법사는 경직된 걸음걸이로 들어갔다. 모크는 그들이 계단에 도착할 때까지 뒤에서 지켜보았다. 브리드는 뒤를 돌아보지 않고 나아갔다.

그들이 계단 앞까지 왔을 때 뒤에서 모크가 소리쳤다.

"저기!"

브리드는 설마 자신들이 마법사라는 걸 들킨 것은 아닌지 순간 몸을 움찔거렸다. 그는 천천히 고개를 돌려 최대한 침착하게 말했다.

"우리한테 또 할 말이 있는 거야?"

모크는 고개를 살짝 숙인 채 잠시 주저하다 입을 열었다.

"내가 졸고 있었다는 사실을 절대 덴젤 여왕님께 말하면 안 돼!"

브리드는 안도의 한숨을 내쉬고 소리쳤다.

"그건 걱정하지 마!"

입꼬리가 올라간 모크는 통나무처럼 두꺼운 팔을 올려 이리저리 저었다. 브리드는 멋쩍은 웃음을 짓고 팔을 흔들어 주었다. 이후 그는 고개를 앞으로 돌려 계단 위에 발을 올렸다. 이제야 몸이 진정된 듯한 카이츠는 브리드 귀에 얼굴을 들이밀며 속삭였다.

"손까지 흔들어줘야 해?"

브리드는 고개를 돌려 방금 만난 모크가 다시 벽에 기댄 채 눈을 감은 것을 보고 속삭였다.

"저 끔찍한 녀석이 우릴 의심하지 않게 하려면 어쩔

수 없었어."

옆에 있던 하디가 목도리를 눈 밑까지 올리고 말했다.

"빨리 올라가서 영생의 고서만 가지고 빠져나가자."

그들이 오르기 시작한 계단은 마치 이글루를 만들 때 사용하는 얼음 벽돌처럼 깨끗하고 단단했다. 얼음 계단은 꼭대기까지 둥글게 이어져 있었다. 카이츠는 까마득한 천장을 보고 한숨 쉬듯 이 말을 내뱉었다.

"정말 저기까지 걸어가야 해?"

하디가 단호하게 대답했다.

"그럼 넌 방금 만난 모크랑 여기서 기다리고 있든가."

카이츠는 빠르게 계단을 오르기 시작했다. 잠시 뒤 그들은 온도가 낮은 덴젤 마녀의 성안에 들어왔음에도 등줄기에 땀이 계속 흘러내렸고 얼굴이 화끈거렸다. 브리드는 마치 뾰족한 손톱으로 목구멍을 긁어내리는 듯한 고통을 느꼈다. 카이츠는 심장이 너무 빠르게 뛴다고 생각해 멈춰 서서 입을 열었다.

"이러다간 올라가기 전에 죽을 것 같아."

브리드도 숨을 가쁘게 내쉬고 있어 카이츠에게 위로를 해줄 처지가 아니었다. 카이츠는 고개를 올려 까마득한 꼭대기를 보았고 아직 절반도 오지 못해 고개를 푹 숙였다.

그때 묵묵히 올라가던 하디가 걸음을 멈추고 조용히 말했다.

"잠깐…."

카이츠는 계단에 걸터앉아 숨을 헐떡이며 말을 꺼냈다.

"설마 이런 곳에서 잠시 쉬었다 가자는 건 아니지?"

하디는 대답하지 않고 미간을 찡그린 채 속삭였다.

"위에서 무슨 소리가 들려."

브리드는 위쪽을 향해 귀를 쫑긋 세워 집중하더니 이내 조용히 말했다.

"모크들이야!"

그들은 어쩔 수 없이 계단에 걸터앉아 바로 위에서 들려오는 모크들의 대화 소리에 집중하기 시작했다.

"덴젤 여왕은 며칠 전부터 성안에 괴물들이 침입할 수 있다고 난리였는데 지나가는 먼지 한 톨도 안 보여."

세 마법사는 동시에 눈을 크게 뜨고 잠시 서로를 바라보았다. 잠시 뒤 위쪽에서 모크들의 말소리가 다시 들려왔다.

"그래도 덴젤 여왕이 매일 우리가 먹을 수 있는 빵

한 개씩은 주잖아."

맞은편에 앉은 모크가 깊은 주먹으로 땅을 내려치고 대답했다.

"너무 딱딱해서 도저히 못 먹겠어. 돌덩이를 씹는 것 같다고!"

방금 그 말을 한 모크는 들고 있던 둥근 빵을 아래로 휙 던졌다.

벽돌처럼 단단한 빵은 하필 귀를 쫑긋 세우고 있던 브리드 머리에 떨어졌고 그는 순간 소리를 냈다.

"악!"

마주 보고 있던 모크들은 아래쪽에서 소리가 들려오자 동시에 일어나 밑을 바라보았다.

11
반짝이는 별빛

　세 마법사는 재빠르게 벽 쪽에 달라붙어 몸을 최대한 웅크렸다. 브리드는 숨을 참고 카이츠의 몸을 끌어안았는데 그의 몸이 심각하게 떨리고 있다는 느낄 수 있었다. 양쪽 광대뼈에 달걀이 들어가 있는 것처럼 불룩 튀어나온 모크가 밑을 바라보며 말했다.
　"밑에서 이상한 소리가 들리지 않았어?"
　턱이 테니스 채 손잡이처럼 기다란 모크가 대답했다.
　"나도 들었어."
　브리드는 눈을 지그시 감고 숨을 천천히 내쉬었다. 두 모크들은 브리드와 두 친구의 모습을 보지 못했다. 광대뼈가 튀어나온 모크가 아무 일 없었다는 듯이 앉아 입을 열었다.

"입구를 지키고 있는 녀석이 졸다가 옆으로 넘어진 거겠지."

턱이 길게 뻗어 있는 모크가 슬며시 웃으며 대답했다.

"나는 덴젤 여왕이 말한 그 녀석들이 쳐들어온 줄 알았어."

광대뼈가 튀어나온 모크가 머리를 긁적이며 말했다.

"우리가 여기서 떡하니 지키고 있는데 만약 들어온다고 해도 우릴 뚫고 올라가지 못할 거야."

그때 턱이 기다란 모크가 주변을 훑어보고 속삭였.

"그거 알아? 덴젤 여왕이 죽였던 녀석의 자식이 올 수도 있다는데?"

바로 밑에서 모크들의 대화를 듣고 있던 세 마법사는 서로를 한 번씩 바라보았다.

광대뼈가 튀어나온 모크는 슬며시 웃으면서 말했다.

"나도 들었어. 눈동자에 태양이 보인다고 그랬나?"

하디는 입을 다문 채 손이 부서질 정도로 주먹을 쥐었다. 그의 붉은 두 눈동자는 심하게 떨리고 있었다.

광대뼈가 튀어나온 모크가 말을 이었다.

"목에 하얀 목도리를 둘렀다고 했어."

브리드와 카이츠는 하디 목에 감겨 있는 목도리를 보았다. 지금까지 담담한 모습만 보이던 하디가 숨을 거칠게 내쉬기 시작했다.

　수염 쓰다듬듯이 기다란 턱을 만지고 있는 모크가 말을 내뱉었다.

　"어떤 녀석이 온다 해도 우리 몽둥이에 맞으면 바로 쓰러질 거야."

　하디는 자리에서 벌떡 일어났다. 브리드는 잽싸게 그의 손목을 붙잡고 속삭였다.

　"지금 뭐 하는 거야!"

　얼굴이 붉게 달아오른 하디가 말했다.

　"덴젤을 내 손으로 태워버릴 거야."

　하디가 흥분한 모습을 처음 본 브리드는 그의 손목을 놓지 않고 속삭였다.

　"지금은 안 돼!"

　그렇지만 하디는 이미 흥분해 버린 몸을 주체할 수 없는지 브리드의 손을 떼고 손뼉을 마주쳐 양손에 불을 붙였다. 카이츠는 고개를 저으며 조용히 말했다.

　"바보 같은 녀석아, 진정하라고!"

　하디는 천천히 계단 위로 올라가며 입을 열었다.

"모든 걸 태워버릴 거야."

그는 마녀의 성 전체에 발소리가 울려 퍼질 정도로 쿵쾅거리며 올라갔다. 브리드는 하디의 거침없는 모습을 보며 말했다.

"지금이라도 돌아와!"

광대뼈가 튀어나온 모크는 하디가 올라오고 있는 것도 모르고 말을 꺼냈다.

"빨리 싸우고 싶어서 몸이 근질거려."

턱이 긴 모크가 기괴하게 웃어대며 대답했다.

"그건 네가 몇 년 동안 씻지 않아서 그런 거 아니야?"

광대뼈가 튀어나온 모크는 몸 곳곳의 냄새를 맡아가며 말했다.

"그런가?"

그때 뜨거운 불덩이가 모크들이 있는 곳으로 순식간에 날아왔고 광대뼈가 튀어나온 모크 머리에 정통으로 맞았다. 괴물의 머리는 모닥불처럼 활활 타올랐고 턱이 기다란 모크는 계단 위로 올라오는 하디를 보고 잽싸게 일어나 입을 열었다.

"저 하얀 목도리는!"

하디는 이를 악물고 턱이 기다란 모크를 노려보며

말했다.

"너도 불에 타고 싶지 않으면 비켜."

턱이 기다란 모크는 몽둥이를 집어 들고 하디가 있는 곳으로 발걸음을 내디디며 대답했다.

"그럴 수 없지. 내가 얼마나 기다렸는데."

하디는 순식간에 불덩이를 내던졌다. 그의 눈빛은 마치 먹잇감을 발견한 야생 사자처럼 사나워 보였다. 턱이 기다란 모크는 몽둥이를 들어 날아오는 불덩이를 멀리 쳐내려 했다. 하지만 몽둥이는 하디가 던진 불덩이의 힘을 버티지 못해 쉽게 부러져 모크 이마에 명중했다.

턱이 긴 모크는 온몸이 타오르기 전에 부러진 몽둥이로 바닥을 내려치며 소리쳤다.

"그 녀석들이 쳐들어왔다!"

이후 턱이 긴 모크는 몸 전체가 새까맣게 타버려 더는 움직이지 않았다. 하디는 브리드와 카이츠를 슬쩍 보고 소리쳤다.

"어서 올라와!"

그때 계단 전체가 흔들리기 시작했다. 성 꼭대기에서 거대한 모크들이 거대한 파도처럼 우르르 내려오는 소리가 들려왔다. 수많은 괴물은 방금 불에 타버린 두 모크들과 생김새가 비슷했고 모두 한 손에 묵직한 몽둥이를 들고 있었다. 가장 앞에 있는 모크가 소리쳤다.

"덴젤 여왕님을 반드시 지키자!"

카이츠는 위에서 마치 사람들이 동시에 발을 구르고 있는 것처럼 정신없는 소리가 들려오자 머리를 쥐어 잡고 울먹이며 속삭였다.

"이젠…. 죽은 목숨이야."

브리드도 입술을 깨문 채 위를 보았고 생각보다 많은 모크들이 쏟아져 내려오자 하디를 보며 소리쳤다.

"일단 성 밖으로 나가서 다른 방법을 생각해 보자!"

하디는 한 걸음도 움직이지 않고 말했다.

"여기까지 온 이상 도망칠 순 없어."

그때 덴젤 마녀의 성 아래에서도 수많은 모크들이 쿵쾅거리며 올라오는 소리가 들려왔다. 브리드는 개미 떼처럼 보이는 괴물들의 머리를 보고 떨리는 목소리로 말을 내뱉었다.

"젠장, 이제 나갈 방법도 없어."

하디는 브리드와 카이츠가 계단에 서서 주저하고 있는 것을 보고 소리쳤다.

"위쪽을 뚫어야 해!"

그때 위에서 내려오던 모크들이 하디 앞에 멈춰 섰다. 맨 앞에 서 있는 모크는 몽둥이로 어깨를 툭툭 치면서 말했다.

"우릴 뚫고 갈 순 없을 거야."

하디는 검게 태워버린 두 모크들을 턱으로 가리키며 말을 내뱉었다.

"저렇게 되기 싫으면 비켜."

하디와 마주 보고 있는 모크가 더러운 입속이 보일 정도로 웃다가 갑자기 눈을 부라렸다. 괴물은 몽둥이 끝을 하디의 얼굴을 향해 뻗은 채 소리쳤다.

"어서 저 녀석들을 잡아 덴젤 여왕님께 바치자!"

계단에 서 있던 수많은 모크들은 하디의 몸을 들이박을 것처럼 달려들기 시작했다. 하디는 두 팔을 앞으로 뻗어 두꺼운 불줄기를 뿜어냈다. 괴물들은 마치 용광로 안에 빠져버린 것처럼 불에 휩싸였다.

앞서 오던 모크들은 몸에 붙은 불을 꺼보기 위해 이리저리 날뛰다 죽었고 몇몇 모크들은 계단 밑으로 떨어져 나갔다. 하디는 눈앞이 점점 뜨거운 불바다가 되는 것을 보며 속삭였다.

"모조리 태워줄게…."

그때 한 모크가 죽은 동료의 시체를 한 손으로 들어 올려 불꽃을 막는 방패로 사용하며 하디를 향해 다가갔다. 그 괴물은 하디 앞에서 시체를 내던지고 몽둥이를 높게 쳐들며 소리쳤다.

"모크들을 우습게 보지 말라고!"

그때 하디 뒤에서 투명한 얼음 줄기가 뻗어 나와 모크의 몸 전체를 순식간에 얼려버렸다. 하디는 고개를 슬쩍 돌렸다. 두 손을 뻗고 있는 카이츠가 입꼬리를 올린 채 말했다.

"내가 한 번 살려줬다?"

하디는 그와 눈을 마주치지 않고 대답했다.

"너 없었어도 충분히 살았거든?"

그때 브리드 두 눈 속에 있는 별이 밝게 빛나기 시작했다. 그는 성 꼭대기에서 뿜어져 나오는 황금빛을 보고 말했다.

"영생의 고서가 보여."

카이츠는 아래에서 올라온 모크들을 보고 해탈한 것처럼 웃으며 말을 내뱉었다.

"이렇게 된 거 진하게 싸워보자고! 죽는 거 말고 더

있겠어?"

카이츠의 눈동자는 마치 휘몰아치는 소용돌이처럼 보였다. 모크들은 동족들의 시체를 무자비하게 밟으며 달려들었다. 하디는 위에서 내려오는 모크를 향해 불을 뿜어냈고 카이츠는 아래에서 올라오는 괴물들을 향해 얼음을 쏟아냈다. 성 꼭대기에서 빛나는 황금빛은 브리드 눈에만 보였다. 그의 눈은 점점 따가워지고 눈앞이 흐려졌다.

그때 아래에서 올라오던 한 모크가 얼어붙은 동족의 몸을 번쩍 들어 카이츠가 서 있는 곳을 향해 내던졌다. 다른 곳을 보고 있던 카이츠는 날아오는 얼음덩이에 맞아 넘어졌고 이마에서 피가 흘러나왔다. 카이츠는 머리가 깨질 듯이 아파 아무것도 할 수 없었다.

아래에서 올라오던 모크들은 그 틈을 타서 속도를 높여 다가왔다. 브리드는 눈앞이 점점 흐릿해진 상태에서 소리쳤다.

"하디! 카이츠가 쓰러졌어!"

하디는 뒤를 힐끗 보고 양쪽으로 팔을 뻗어 위아래를 동시에 막기 시작했다. 하지만 끊임없이 달려드는 모크들 때문에 점점 간격이 좁혀졌다. 카이츠는 얼마 안 가 기절해 버렸다.

 결국, 세 마법사는 몰려든 모크들에게 둘러싸이고 말았다. 브리드 앞에 선 모크가 양쪽 입꼬리를 올리며 소리쳤다.

"녀석들을 몽둥이로 내려쳐!"

 브리드와 하디도 머리에 몽둥이를 맞아 즉시 기절해 버렸다.

 모크들은 그들의 몸을 어깨에 걸쳐 메고 덴젤 마녀의 성 꼭대기를 향해 올라가기 시작했다.

 잠시 뒤 브리드는 눈을 떴다. 그는 몽둥이에 얻어맞은 뒤통수를 만지려 했지만 두 손이 묶여 있어 움직일 수 없었고 무릎을 꿇고 있는 자신의 모습을 볼 수 있었다. 그는 얼굴을 찡그린 채 주변을 둘러보았다.

 그곳은 마치 험악한 죄수가 갇혀 있을 법한 독방처럼 고요했다. 브리드는 저 멀리에 검은 드레스를 입고 뒤돌아 있는 한 여자를 발견하고 입을 열었다.

"혹시… 당신이 덴젤 마녀?"

 검은 드레스를 입은 여인이 천천히 몸을 돌려 대답했다.

"드디어 깨어났구나. 눈동자 속에 별이 있는 너를

기다리고 있었단다."

 그녀의 머리는 바닥에 닿을 것처럼 길게 늘어져 있었다. 얼굴은 핏기가 전혀 보이지 않아 마치 밀가루를 잔뜩 묻혀놓은 것처럼 보였다.

 브리드는 덴젤 마녀를 보고 소리쳤다.

 "어서 우릴 풀어줘요!"

 덴젤 마녀는 미소를 짓고 천천히 다가오며 말을 내뱉었다.

 "네가 오는 것만 기다렸는데 그냥 보내줄 순 없지."

 그때 하디와 카이츠도 눈을 떴다. 하디는 묶여 있는 손을 풀어보기 위해 몸을 이리저리 움직였지만 소용없었다. 그는 눈을 부릅뜨고 앞에 서 있는 덴젤 마녀를 노려보며 소리쳤다.

 "넌 내 손으로 없애버릴 거야!"

 그때 덴젤 마녀는 하디 입을 향해 뾰족한 집게손가락을 뻗었고 하디의 입은 순간 사라져 버렸다. 카이츠는 눈앞에 벌어진 기괴한 상황을 보고 울먹이며 말했다.

 "저희가 잘못했어요. 제발 목숨만은 살려주세요…."

 덴젤 마녀는 소름 끼치는 기괴한 웃음소리를 내더니 카이츠의 턱을 슬며시 움켜잡고 말을 내뱉었다.

"가여운 꼬마야 울지 말렴. 난 그저 영생의 고서를 해독할 수 있는 저 아이만 필요하거든."

카이츠는 눈물이 찔끔 나올 정도로 눈을 꾹 감았다. 브리드가 덴젤 마녀를 노려보며 소리쳤다.

"절대 그렇게 안 될 거야!"

덴젤 마녀는 천천히 일어나 세 마법사의 앞을 왔다 갔다 하면서 말했다.

"호르비스 성에 있는 너의 친구들을 귀여운 모크로 만들어 버릴 생각하니까 벌써 재밌어지는데?"

하디는 입이 사라진 상태에서 묶여 있는 손을 풀어 보기 위해 몸을 마구 움직여 댔다. 덴젤 마녀는 하디 앞에 서서 그를 내려다보고 속삭였다.

"멍청한 너의 부모처럼 죽고 싶지 않으면 가만히 있는 게 좋을 거야."

그때 하디는 이마로 덴젤 마녀의 무릎을 들이박았다. 그녀는 뼈가 부러지는 듯한 고통에 뒷걸음질 치다 기다란 자신의 머리카락을 밟고 뒤로 자빠졌다. 하디의 붉게 타오르는 눈에서 눈물이 흘러나오고 있었다.

덴젤 마녀는 다시 하디 앞으로 다가가 그의 뺨을 후려치고 전보다 격양된 목소리로 말을 내뱉었다.

"영생의 고서를 내 것으로 만들면 특별히 첫 번째로 죽여줄게."

하디의 한쪽 뺨은 그녀의 뾰족한 손톱에 긁혀 피가 흘러나오기 시작했다. 이후 덴젤 마녀는 뒤를 돌아 벽 끝으로 가더니 얼음으로 만들어진 거대한 의자 위에 있는 두꺼운 책을 집어 들었다. 그녀는 마치 무거운 벽돌 하나를 들고 있는 것처럼 한 손으로 책을 들고 브리드 앞으로 다가왔다. 브리드는 덴젤 마녀의 손에 들려 있는 것을 보고 속삭였다.

"영생의 고서야…."

덴젤 마녀는 브리드 앞에 영생의 고서를 툭 던지고 미소를 지으며 말을 내뱉었다.

"조금 있으면 온 세상이 모두 내 것이 될 거야."

영생의 고서는 마치 물에 흠뻑 젖었다 마른 것처럼 뻣뻣해 보였다. 마치 쥐가 갉아 먹은 것처럼 모서리 부분이 뜯겨나가 있어 상당히 오래되었다는 것을 단번에 알 수 있었다. 표지에는 브리드의 눈 속에 있는 별과 똑같이 생긴 문양이 희미하게 보였다.

덴젤 마녀는 브리드 앞에 한쪽 무릎을 꿇고 앉아 영생의 고서를 펼치고 그의 한쪽 뺨을 어루만졌다. 브리드는 온몸에 소름이 돋았고 뺨을 스쳐 가는 뾰족한 손톱에 피부가 베여버릴 것만 같았다.

 그때 펼쳐진 영생의 고서에서 황금빛이 뿜어져 나오기 시작했다. 덴젤 마녀는 고혹적인 다이아몬드를 보고 있는 것처럼 양쪽 입꼬리를 올리며 말했다.

 "지금까지 이런 적이 없었는데."

 브리드는 시야가 뿌옇게 흐려지고 눈 속에 소금이 들어간 것처럼 따가워졌다. 그는 영생의 고서를 해독하지 않기 위해 눈을 질끈 감았다.

 덴젤 마녀는 여유로운 미소를 유지한 채 카이츠와 하디를 향해 손바닥을 뻗었다. 그녀의 손에서는 독사 같은 검은 얼음이 뻗어 나가 그들의 발끝을 얼려버렸다. 덴젤 마녀는 눈을 감고 있는 브리드를 보고 말했다.

 "그럼 네 친구는 영원히 녹지 않는 얼음 속에서 못 빠져나오겠지."

 브리드는 힘겹게 눈을 떠 양옆을 보고 소리쳤다.

 "눈을 뜰 테니까 내 친구들을 건들지 마!"

 덴젤 마녀는 팔을 내리고 브리드의 머리채를 잡아 영생의 고서를 바라보게 했다. 펼쳐진 고서에는 불에 그을린 듯한 별 모양이 새겨져 있었다. 마치 연필로 그렸다가 약하게 지워진 자국처럼 보였다. 브리드는 눈에서 나오는 별빛을 영생의 고서 안에 있는 자국에 딱 맞췄다.

잠시 뒤 브리드의 눈은 불에 타오르는 것처럼 뜨거워졌고 눈물이 하염없이 흘러내렸다. 덴젤 마녀는 황금빛이 주변에 일렁이자 영생의 고서를 들고 일어나 광기 섞인 목소리로 처절하게 소리쳤다.

"바로 접니다! 힘을 물려받을 사람이 저라고요!"

영생의 고서에서 나오는 빛이 덴젤 마녀의 온몸을 휘감기 시작했다. 그녀는 완전히 미쳐버린 것처럼 두 팔을 양쪽으로 벌려 기괴한 웃음소리를 내뿜었다.

그들은 마치 태양이 눈앞에 있는 것처럼 엄청난 뜨거움에 고통스러워했다. 브리드는 고개를 떨군 채 흐느끼면서 말했다.

"영생의 고서를 되찾아 가지 못해서 죄송해요…."

카이츠는 몸을 들썩이며 울부짖었다.

"아직 해보지 못한 것들도 많은데 이렇게 죽는 건 싫다고!"

그런데 시간이 흐를수록 덴젤 마녀의 웃음소리는 고통스러운 듯한 비명으로 바뀌었다. 황금빛에 둘러싸인 그녀는 숨을 헐떡이며 외쳤다.

"너무 뜨거워…. 몸이 녹고 있는 것 같아!"

그 순간 그들이 있는 공간에 마치 카메라 플래시가 터진 것처럼 밝은 빛이 번쩍였다.

잠시 뒤 브리드는 밝은 빛이 사라지고 마치 아무도 없는 낚시터처럼 주변이 고요해지자 슬며시 눈을 떴다. 세 마법사의 몸을 묶고 있던 것들은 완전히 사라진 상태였다. 브리드는 어안이 벙벙한 표정으로 양옆을 보며 말했다.

"어떻게 된 거야?"

카이츠는 바닥에 엎드린 채 흐느끼며 소리쳤다.

"우린 죽어서 하늘나라에 온 거라고!"

그때 하디가 앞을 가리키며 입을 열었다.

"저기 거울이 있어."

브리드는 땅을 짚고 천천히 일어나 앞에 놓여 있는 거울 쪽으로 다가갔다. 하디와 카이츠도 그의 뒤를 따랐고 거울 속을 보자마자 동시에 눈을 크게 떴다. 거울 안에 덴젤 마녀가 들어가 있었고 밖으로 나오고 싶은지 마구 두드리고 있었다.

하디가 거울 옆에 놓여 있는 영생의 고서를 집어 들

고 조용히 말했다.

"덴젤 마녀는 엄청난 힘을 가진 영생의 고서를 감당하지 못해서 부작용이 생긴 거야."

그때 그들이 서 있는 성 바닥이 심하게 흔들리기 시작했다. 천장에서는 얼음 조각들이 떨어져 내렸다. 카이츠는 넘어지지 않기 위해 두 손바닥으로 바닥을 짚고 소리쳤다.

"성이 무너지려고 하나 봐!"

브리드는 주먹을 꽉 쥔 채 입을 열었다.

"내려가기엔 너무 늦었어."

그때 성 밖에서 어디서 들어본 듯한 목소리가 들려왔다.

"바보처럼 서 있지 말고 어서 타!"

브리드는 벽이 무너져 내린 틈을 통해 썰매를 매단 펭귄들이 날아오고 있는 것을 보았다. 하디는 목도리가 풀리지 않게 잡고 겁 없이 뛰어내렸다. 브리드는 주저하고 있는 카이츠의 손을 잡고 고개를 끄덕인 뒤 같이 성 밖으로 몸을 던졌다.

펭귄들은 떨어지고 있는 그들을 보고 마치 바다 위를 날던 갈매기가 수면 위로 뛰어오른 청새치를 물어버린 것처럼 순식간에 낚아챘다. 세 마법사가 썰매에 무사히 올라탄 순간 덴젤 마녀의 성은 강한 파도와 부딪친 모래성처럼 힘없이 무너져 내렸다.

펭귄 다섯 마리는 동시에 뒤쪽을 힐끗 보고 호르비스 성을 향해 속도를 높여 날아가기 시작했다. 브리드도 고개를 돌려 덴젤 마녀의 성이 형체를 알아볼 수 없이 무너진 것을 보았다. 이후 그는 펭귄들의 토실한 엉덩이를 보며 소리쳤다.

"고마워! 너희들이 오지 않았으면 우린 죽었을 거야!"

펭귄 중 가운데에 있는 솔라가 무심하게 말했다.

"부서진 썰매값을 받기 전까지 죽게 놔둘 순 없지."

브리드는 두 팔을 번쩍 들어 올렸다. 카이츠는 죽지 않았다는 안도감에 브리드를 꽉 껴안았고 하디는 눈 밑까지 목도리를 올려 몰래 미소를 지었다.

결국, 세 마법사는 영생의 고서를 되찾고 호르비스 성으로 돌아갔다…….

2편에서 계속

별빛의모험

초판 1쇄 발행 2025. 7. 7.

지은이 고병재
펴낸이 김병호
펴낸곳 주식회사 바른북스

편집진행 황금주
디자인 최다빈

등록 2019년 4월 3일 제2019-000040호
주소 서울시 성동구 연무장5길 9-16, 301호 (성수동2가, 블루스톤타워)
대표전화 070-7857-9719 | **경영지원** 02-3409-9719 | **팩스** 070-7610-9820

•바른북스는 여러분의 다양한 아이디어와 원고 투고를 설레는 마음으로 기다리고 있습니다.

이메일 barunbooks21@naver.com | **원고투고** barunbooks21@naver.com
홈페이지 www.barunbooks.com | **공식 블로그** blog.naver.com/barunbooks7
공식 포스트 post.naver.com/barunbooks7 | **페이스북** facebook.com/barunbooks7

ⓒ 고병재, 2025
ISBN 979-11-7263-472-8 03810

•파본이나 잘못된 책은 구입하신 곳에서 교환해드립니다.
•이 책은 저작권법에 따라 보호를 받는 저작물이므로 무단전재 및 복제를 금지하며,
 이 책 내용의 전부 및 일부를 이용하려면 반드시 저작권자와 도서출판 바른북스의 서면동의를 받아야 합니다.